Ordine Alfa

Alfa Ribelli

Renee Rose

Lee Savino

OTTIENI IL TUO LIBRO GRATIS!

Iscrivetevi alla newsletter di Midnight Romance per ricevere La Vergine e il Vampiro e notifiche riguardo a nuove pubblicazioni!

https://dl.bookfunnel.com/wg56byh1hb

OTTIENI IL TUO LIBRO GRATIS!

Iscrivetevi alla newsletter di Renee per ricevere Preludio e Indomita, scene bonus gratuite e notifiche riguardo a nuove pubblicazioni!

https://subscribepage.com/reneeroseit

Ricevi un libro gratuito, **Allevata dai Berserker** (solo per i fan più sfegatati iscritti alla newsletter di Lee). **Clicca qui per cominciare**

Capitolo Uno

C hanning

A quattro zampe, raggiungo furtivo i pini vicino alla casa. È piccola, a due piani, lontana dalla strada e circondata dagli alberi. Il terreno si estende all'estremità di una via chiusa, e il giardino sul retro confina con la foresta nazionale di Coconino. Distese selvatiche, un sacco di spazio dove correre. Il lupo approva.

Anche mio fratello approvava, quando l'acquistò quattordici anni fa per sistemarcisi con la compagna incinta. Quando la vita era bella e il futuro roseo.

Poi morì, e cambiò tutto.

O quasi. La casa è ancora identica. Se n'è presa cura. La vernice è sbiadita e il tetto da sostituire, ma per il resto è uguale a un tempo.

Anche i profumi – ginepro e acero americano, pino.

Si leva il vento, e ne colgo un altro cui cerco di non far caso. Mi arroventa i sensi, è una delizia che mi affila le zanne e mi fa venire l'acquolina.

Lillà e lavanda.

La mia kryptonite.

Il lupo vorrebbe coprire i quindici metri che ci separano dalla casa per raggiungerne la fonte e crogiolarcisi.

Invece mi giro per trotterellare oltre, su per la collina dove un pino giallo si tende verso il cielo. Ricordo ancora il giorno in cui salimmo la collina. Io ammiravo il panorama del monte Elden, ma mio fratello aveva occhi solo per la casa. Per la moglie umana e il piccolo che giocavano sul patio.

Promettimelo, mi disse tanti anni fa. Aveva seguito l'addestramento militare a Camp Navajo, ma era stato richiesto sul campo da qualcuno che sapeva di lui. Da qualcuno che aveva bisogno della sua specie in azione. Solo per una missione breve.

Mi gratto contro alla corteccia, alla ricerca del suo odore, che magari ancora vi indugia.

E poi lo sento – forte muschio di lupo maschio. Odora di mio fratello, ma è morto. Il che significa che dev'essere di Geo, suo figlio.

Mio nipote corre per il bosco.

Significa che si è tramutato. Non sapevamo bene quando sarebbe successo. Mescolare sangue mutante a umano può cancellare la capacità di tramutarsi in primavera, ma gli ormoni della pubertà devono aver dato vita ai geni mutanti.

Quindi non posso più tenermi alla larga. Julia non saprà accompagnare il figlio durante questo processo.

Geo ha bisogno di me.

Guardando meglio scorgo graffi di artiglio sull'albero, come se Geo soffrisse delle sue nuove forme. Come fosse solo e arrabbiato.

Merda.

Deke mi aspetta sul posto, e se tardo lo farò incazzare. E

più del solito. Dovrò tornare domattina, non appena completata la missione.

Scendo rapido dalla collina e faccio il giro lungo per evitare la casa. Nella camera superiore si accende una luce, e per un attimo compare l'ombra di una donna. In me, tutto brama di cambiare programma per tornare lì. Per verificare che la porta sia chiusa bene. Che Julia sia al sicuro.

Invece mi giro e scappo dalla tentazione.

Dall'unica donna che abbia mai desiderato.

Dall'unica donna che non posso avere.

* * *

È mezzanotte, e sfreccio su per la fila di magazzini in abbandono. Appena in tempo.

Deke aspetta in un vecchio furgone verniciato di nero opaco. Del tipo usato da operai... o rapitori. L'abbiamo preso dopo una missione con ostaggi, se ricordo bene.

Parcheggio la moto e batto sullo sportello laterale. "Ehi, hai caramelle gratis?"

Abbassa il finestrino, ma non risponde – mi guarda accigliato. Ha stampata in faccia l'espressione da 'assassino a riposo', come piace dire a Lana, la nuova compagna di Teddy.

"Così sembri un serial killer." Si acciglia ulteriormente. "Era un complimento, eh."

"Perché hai tardato?" ringhia. "Sei partito da Taos prima di me."

"Sosta ai box." Ammicco con le sopracciglia, quindi distolgo lo sguardo disgustato. Che pensi pure che sono andata al bar a rimorchiare signorine, così il profumo di lavanda e lillà che ho ancora addosso perderà peso. Non gli dirò mai dove sono stato. "Quello?" Faccio un cenno del capo verso il magazzino più lontano, che si staglia proprio contro al bosco. Questa zona commerciale è tranquilla di notte, ma sopra al portone di quell'edificio la luce è accesa. Ogni tanto un'ombra scivola dentro dagli alberi.

Deke fa tamburellare le dita sul volante. "Così dice il GPS."

"Fammi entrare per primo in ricognizione. Ho un aggancio." Sollevo il telefono con cui mi sono scritto con gli organizzatori del club di lottatori.

"E se gli obiettivi ti beccano?"

"Non sono obiettivi. Sono ragazzini."

"Adolescenti," brontola perforando l'oscurità con lo sguardo. "Ma perché mi hanno messo a fare il babysitter?"

"Dai, è un buon allenamento. Lo sai che Sadie vuole riempire la casa di marmocchi." Al suono del nome della compagna si addolcisce in volto, com'era da prevedere. "Immaginatelo," faccio alzando le mani a incorniciare un finto schermo, per distrarmi dalla morsa di desiderio che mi ghermisce il petto e impedirgli di scorgere ciò che provo. "Tu, Sadie, sette cucciolotti…"

"Sette?" Le sopracciglia nere scattano in aria, proprio come se lo immaginasse.

"Sì, e si rotolano a terra mordendoti gli stivali." Accolgo con un sorrisone la paura che a partire dagli occhi gli dipinge il volto. "Non ti ha detto quanti ne vuole?"

"Da due a quattro," dice lentamente.

"Ecco." Altro sorrisone. "Quattro allora. Scodellatevi fra i due e i tre gemelli, qualche sorpresina. Incidenti felici. Una meraviglia." Il pomo d'Adamo rimbalza, e stringe il volante. Sembra pronto a fare dietrofront per scappar via. "Papà Deke." Sorrido per soffiare sul fuoco, e lui mi guarda come volesse investirmi.

Finito il lavoro, puntualizzo alla grande il tutto con una

manata al lato del furgone e procedo tutto contento verso il magazzino, come non pensassi ad altro che a questa piccola missione di salvataggio.

Altri si riversano all'interno dalla porta laterale. Una tranquilla via commerciale con uno stabile abbandonato vicinissimo al bosco è il posticino perfetto per ospitare improvvisati club di combattenti mutanti. Trey e Jared, gli organizzatori, hanno una sede regolare a Tucson, in Arizona. Ma l'incontro di stanotte è speciale.

Mi supera di corsa un gruppo di ninja in sella a Kawasaki verde acido. Per parcheggiare, passano da cento a zero spruzzando ghiaino ovunque. I motociclisti allampanati smontano e si radunano. Ghepardi mutanti. Li riconosco a un miglio di distanza. Gli piacciono le moto veloci e la pelle attillata.

Alcuni mi lanciano un'occhiatina mentre passo, facendo lampeggiare gli occhi di verde. Fingo di ignorarli ed evito il contatto visivo. Il lupo è nervoso dopo la fermata da Julia. Ha voglia di tornar lì per reclamare ciò che ritiene suo. Io non glielo permetto, quindi muore dalla voglia di combattere.

Si sono raccolti al magazzino altri mutanti, che indugiano davanti alla porta. Supero una nuvola di fumo e profumi muschiati.

Un lupo che conosco esce per esaminare la calca. Indossa jeans, stivali da motociclista tutti consumati e maglietta bianca a maniche corte sotto a una giacca di pelle. L'unica differenza fra i suoi abiti e i miei è l'emblema su quest'ultima – un lupo ringhiante con sotto scritto 'Branco di Tucson'. "L'incontro comincia fra venti minuti," annuncia, e si fa da parte per lasciare che gli ospiti si affollino all'interno.

Esco dall'ombra, e fa caso al mio odore. Ci facciamo un sorrisone accompagnato da belle pacche sulla schiena.

"Ciao, Jared."

"Ciao, Channing, fratello. Sono contento che tu sia riuscito a venire."

"Sono qui per lavoro," gli ricordo. "Per prendere il pacco."

"Vero. Sono dentro. Li tiene d'occhio Trey. Sicuro che non possano rimanere? Sono adulti."

"Hanno a malapena diciotto anni. Lo sai come sono i mutanti giovani."

"Già." Sospira. "Una parte di me però pensa che abbiano solo bisogno di modelli."

"Hanno cinque fratelli maggiori. Sarebbero venuti loro, però Matthias è impegnato in ospedale, e Teddy e Darius sono in viaggio di lavoro. Separatamente," aggiungo prima che mi chieda se Teddy ha fatto pace col gemello. "Darius a New York, Teddy a Los Angeles con la nuova compagna."

"Avevo sentito dire che si è fatto la compagna, in effetti. Tutto il tuo branco ha una compagna da... tipo quest'anno?"

"Da dodici mesi," faccio io. "Già. Tutto il branco." *Tranne me.*

"Bello."

"Come sta Angelina?" domando, prima che mi chieda di me.

Gli si addolcisce lo sguardo, come a Deke quando gli nomino la sua. "Benissimo. Proprio benissimo. È a Tucson a prepararsi per uno spettacolo. La troupe si esibisce questo fine settimana."

"Non riesco a credere che tu sia venuto fin quassù per il club. Hai una bella casetta a Tucson..."

"Gremita ogni sera," dice con soddisfazione. "Ma Sheridan ne sta facendo più un locale per hipster birraioli.

A volte ci manca la vecchia atmosfera, quindi organizziamo dei club temporanei. Abbiamo trovato questa zona abbandonata, e ci è sembrata perfetta." Mi accompagna all'interno, e vengo travolto dalla densa mescolanza di odori. Erba, birra, lerci mutanti di qualsiasi tipo. Il grosso open space è pieno di gente e velato di fumo e segatura. Le uniche luci provengono dai due faretti puntati sul ring al centro della sala. La folla vaga mormorando, scommettendo; allungano il collo per scorgere i combattenti. Ronza tutto di elettrizzante attesa.

Un terzetto di mutanti si staglia in un angolo a raccogliere le scommesse. Hanno odori strani, un miscuglio di animali. Il più alto, un bianco fastidiosamente magro con fondi di bottiglia come occhiali, starnutisce, e delicate piume candide gli volano via dalla giacca. Vede che lo fisso e starnutisce di nuovo. Altre piume in volo. L'amico gli dà una pacca sulla schiena senza scollare gli occhi dai taccuini.

Faccio scattare il mento nel contrario di un cenno d'assenso, a segnalare che va tutto bene.

"Sono laggiù." Jared indica un angolo in ombra oltre al ring. "Con Caleb. Stanotte è l'attrazione principale."

"Credevo si fosse ritirato. Non viveva sui monti con la compagna?"

"Sì. Lo abbiamo convinto ad accettare questo solo incontro. Per questo abbiamo organizzato il club vicino a Flagstaff: era già in zona. La compagna sta svolgendo delle ricerche sugli alberi del Gran Canyon. Roba da scienziati. Altrimenti non sarebbe venuto. Che divertimento c'è a mettersi in strada quando a casa ti aspetta una bellissima compagna?"

"Già..."

Mi lancia un'occhiata, e mantengo l'espressione leggera

e disinvolta. Gli è venuto in mente che sono l'unico non accoppiato? Gli scorgo forse pietà negli occhi?

"Sarà meglio che recuperi il pacco, prima che si mettano nei guai. Grazie, bello." Altri schiaffoni sulla schiena, e mi dirigo all'angolo. Tante chiacchiere su compagne varie mi hanno innervosito il lupo. In parte è per questo che mi sono offerto volontario per la missione. Tutto il branco è accoppiato. È ormai sistemato con compagna e piccolina persino Lance, l'ex scopatore seriale.

Mi faccio strada per i grappoli di mutanti per raggiungere il retro, dove stazionano i lottatori in attesa di essere chiamati. Il pacco – ossia i tre adolescenti che dovrei riportare a casa sani e salvi – se ne sta accalcato attorno a uno dei più famosi.

Un pungente odore mi punzecchia il naso. Qualcuno si è messo un profumo ai chiodi di garofano. I mutanti lo usano solo per nascondere il proprio.

A mano a mano che mi avvicino al terzetto svanisce, e mi arriva in faccia una zaffata di fetore da orso mutante adolescente. I tre giovani scheletrici sono gemelli identici nell'imbarazzante fase di crescita adolescenziale. Hanno braccia e gambe secche come stecchi, ma piedi e mani enormi. Diventeranno più alti dei fratelli Axel, Teddy e Darius. Forse persino di Matthias. Ma non di Everest. E ne hanno ancora da abbuffarsi per raggiungere il peso da combattimento.

Non che abbia intenzione di scontrarmi con loro, eh.

Sono accalcati attorno a un tipo enorme dalla barba spaventosa. È Caleb, un altro orso mutante. Il lottatore principale.

"È stata una figata," gli dice uno. Indossa un kilt rosso, ma è a petto nudo. "Due round e poi *bam*." I tre mimano un uppercut completo di effetti sonori. "*Sbeng*, gancio sinistro, gancio destro."

"Un colpo tremendo," interviene un altro. Credo si chiami Bern. Veste di nero dalla testa ai piedi, incluse le Doc Martens e un kilt a quadri neri.

"Tremendissimo," dice quello senza maglia. Sono piuttosto sicuro che sia Canyon. "E poi l'hai sbattuto contro alle corde e..."

"Altro colpo tremendissimo," interviene il terzo. Porta un kilt a scacchi rossi e una maglia bianca simile a una tunica dalle maniche svolazzanti – come quelle dei pirati. Hutch, lo chiamano in famiglia.

"Sì," fa Canyon. Il pomo d'Adamo saltella mentre finge qualche tiro. "E poi cade, ed è stato fantastico..."

"Be', lo so," dice Caleb. "C'ero." Il barbone enorme gli nasconde l'espressione, ma percepisco un certo divertimento.

"Non abbiamo visto l'incontro, ma nostro fratello sì e ce l'ha raccontato. Siamo venuto fin qui dal monte Bad Bear," continua. "Siamo i tuoi fan numero uno."

"Ehi, ragazzi." Mi sporgo per rifilare a Bern e Hutch una pacca sulla schiena, agguantandogli le maglie. "Vostro fratello Matthias vuole sapere perché oggi non siete andati a scuola."

S'irrigidiscono. Canyon lancia un'occhiatina verso l'unico ingresso del magazzino, ma non scappa. Altrimenti gli ammanetto i fratelli e poi scrivo a Deke.

"Non dovevate venire," dico. "I club per mutanti sono per gente almeno ventunenne."

"Ma nessuno controlla i documenti," protesta Hutch.

"Abbiamo quasi diciannove anni," aggiunge Bern. "Per i mutanti corrispondono almeno a ventuno."

"Diciannove?" Si comportano come fossero più

piccoli, ma Teddy mi ha detto che hanno avuto una pubertà difficile perché gli animali prendevano il sopravvento per farli tramutare. La madre ha dovuto istruirli a casa. Sono stati protetti dal mondo esterno. Per forza sono tanto ingenui.

"Maturiamo tardi," fa Hutch con la voce rotta. "Darius ci ha detto che lui e Teddy erano come noi. La pubertà per loro è arrivata tardi."

I gemelli annuiscono all'unisono.

Caleb osserva con attenzione lo scambio di battute. "Come fanno a sapere che ti ha mandato qui il fratello?"

"Fratelli, al plurale. Guardate il telefono," ordino ai ragazzini.

"L'ho dimenticato." Canyon incrocia le braccia sul petto nudo. Sarà dura con questo qui.

Bern e Hutch hanno già recuperato i loro dai piccoli marsupi che portano in vita. Hanno ricevuto tonnellate di messaggi da Matthias, Teddy e Darius, con tanto di foto che mi ritraggono. "Lui è Channing. Andate con lui e fate ciò che vi dice," recita un messaggio.

Hutch lo mostra a Caleb, che annuisce. "Dai, belli," gli fa. "Venite a vedermi quando sarete un pochino più grandi."

Si sgonfiano tutti e tre.

"Ma ti sei ritirato," dice dolente Hutch.

"Ufficialmente sì. Parlerò con Jared e Trey perché organizzino una cosina fra un paio d'anni."

"Davvero?" domanda Canyon. "Per noi?"

"Sì. Siete i miei fan numero uno." Fa un cenno del mento nella mia direzione. Con un'ultima pacca sulla spalla di Canyon, s'inoltra nelle tenebre.

Al centro del ring, Jared chiede ai primi due lottatori di posizionarsi. Gli spettatori si accalcano vicino al ring.

"Dai, dobbiamo andare," dico.

"Possiamo vedere almeno un incontro?" mi implora Hutch. "Per favore..."

Esito. Che male farà uno soltanto? Qualcosa però mi turba, quindi non mi fermo. "I vostri fratelli vi rivogliono a casa. Hanno detto che vi comportate in modo sospetto da settimane. Che vi scolate giganteschi frullati proteici e guardate di continuo film di Rocky."

"Non sono mica comportamenti sospetti."

"Come no, facciamo tutti così."

Nel ring, i due lottatori si girano intorno in cerchio. Uno è un ghepardo; lo capisco dal modo in cui il branco – o la *coalizione,* per usare il loro gergo – si schiaccia contro alle corde e urla incoraggiamenti. Jared e uno smilzo lupo, alto e con pettinatura alla moicana e grossi dilatatori per lobi auricolari, continua a dirgli di farsi indietro.

"Il primo incontro vede Palle veloci contro Benny il Morsicatore," fa Hutch indicando la grossa lavagna sopra agli allibratori. Palle veloci: che nome da motociclista ghepardo...

Il mio sguardo viene attratto da alcuni nomi segnati in un incontro scritto più in basso. "Assassini in kilt?" leggo, e i tre raggelano. "Sta per ciò che sospetto io?"

Hutch e Bern lasciano crollare il capo.

"Volevamo batterci," dice Canyon. "Uno ci ha sfidati."

"Ha detto che se perdiamo gli dobbiamo un favore," aggiunge Hutch.

"Cazzarola... gli incontri fra mutanti non funzionano mica così. Chi è questo?"

I gemelli stringono le spalle in perfetta sincronia. Hanno movimenti così simili che è come una coreografia.

"Basta." Indico la porta del magazzino. Dovrò trascinarli via io. "Datevi una mossa, su."

Canyon borbotta qualcosa che non colgo, ma si voltano

ubbidienti per andare all'uscita trascinando i piedi a terra. Li guido lungo la periferia dello stabile. L'incontro va che è una meraviglia, e il magazzino trema di urla. Poi Benny il Morsicatore cede al nomignolo e cerca di mangiarsi l'avversario, quindi viene squalificato. La folla si smonta tutta tranne i ghepardi, che portano il loro eroe in spalla fino alla porta.

"Fermi," ordino. Ci siamo quasi, ma i ghepardi stanno inondando il passaggio. "Aspettiamo un attimo."

Pacco recuperato, scrivo a Deke. *Cinque minuti e siamo fuori*.

Ricevuto, risponde. *Ostili?*

No.

Jared mette piede nel ring per annunciare l'incontro seguente. I ghepardi sono quasi usciti tutti. I gemelli attendono accanto a me con gli occhi bramosi incollati alla lavagna. Caleb è l'ultimo. Peccato. Mi alletta l'idea di permettere ai Terribili tre di rimanere a guardarlo. Ha ragione Jared: hanno bisogno di modelli.

Siamo abbastanza vicini perché possa leggere il nome di fronte agli Assassini in kilt sulla lavagnona. Un certo Hannibal. Lottatore che non ho mai sentito nominare.

Faccio segno all'allibratore incantuito e indico il famigerato incontro. "Ti spiace toglierlo? Danno forfeit."

Quello annuisce e fa segno all'alto compagno piumoso di depennarlo.

"Sarà per la prossima, dai," faccio ai tre, ora depressi. "Ah, ma perché portate il kilt?" chiedo ad Hutch.

"La mamma è una MacDonald," mi informa cupo.

La via per l'uscita è libera, quindi gli faccio segno di proseguire. Sbuchiamo nell'aria della notte. Il parcheggio è pieno di altre auto. Più in là, i ghepardi hanno allestito un grosso falò al centro delle moto.

"Ehi," fa Canyon, "sei in moto?"

"Sì."

"Come facciamo ad andare a casa in moto?" domanda Bern.

"Come siete arrivati qui?" ribatto io.

"Abbiamo fatto l'autostop," interviene Hutch. Gli altri due gli scoccano una brutta occhiataccia.

"Avete fatto l'autostop..." Scuoto la testa. Dovrò dirlo a Teddy. Si cagherà addosso.

"Possiamo rubare delle moto e seguirti." Canyon osserva bramoso i potenti mezzi dei ghepardi. "Sappiamo avviare motori con..."

"Non si ruba. Niente moto. Niente giretti avventurosi. Dai, Deke ci aspetta nel furgone."

I Terribili tre si bloccano tutti insieme. "Nel furgone inquietante?" chiede uno.

"Eh già." Nascondo un sorriso.

"Che figata!" fa Bern. Hutch e Canyon si danno il cinque.

"Aspettate," dico io. "Siete contenti di salirci?"

"Sì!"

"Ovvio."

"Non vedo l'ora!"

Scuoto il capo. Ragazzini. Non ha senso cercare di comprenderli. "Andiamo," ordino. Deke è parcheggiato sempre nello stesso posto. Potrei scrivergli, ma non riuscirà ad avvicinare il furgone. A destra c'è un mucchio di auto parcheggiate, e oltre altri mutanti su delle Harley. A sinistra c'è il bosco. "Dobbiamo superare il branco di ghepardi."

"La coalizione," dice Hutch. "Un gruppo di ghepardi si chiama coalizione."

"Sì. Dovremo superare la coalizione. Non guardateli

negli occhi. Nascondete le zanne. Non tiratevela e non sfidateli in alcun modo."

Siamo quasi al falò quando un gigante sbuca da una serie di mezzi parcheggiati per bloccarci il passaggio. Un tipo nerboruto dagli occhiali scuri. Si staglia fra noi e il falò. Non vedo bene per via del luccichio del fuoco, ma la pelle lasciata scoperta dalle lenti sembra piena di cicatrici. Strano. È difficilissimo ferire tanto un mutante. Non conosco altro modo che col sangue di vampiro.

Ma chi è? Inspiro forte e colgo una forte zaffata di colonia ai fiori di garofano. L'odore intorpidisce tanto il naso da ridurre all'inutilità l'olfatto. *Stronzo.*

Alle mie spalle, i gemelli si sono immobilizzati.

"Ehi," dico. "Non per fare il maleducato, ma porti occhiali da sole di notte." I ragazzini dietro di me ridacchiano, ma lo sbruffone ai fiori di garofano non risponde. "No? Ok, rispetterò le tue scelte in fatto di moda."

"Mi avevano promesso un incontro," tuona puntando il dito contro ai tre orsi.

"Hannibal?" domando. Il gigante annuisce. "Sono troppo giovani. E non del tuo peso."

"Lo so." Hannibal inclina il capo e fa scrocchiare lo spesso collo. "Saremmo stati tre contro uno."

Faccio spallucce. "Peccato. Aspetta qualche anno," – e punto il pollice indietro ai tre ragazzini – "e potranno fare come gli pare. Stanotte no, però."

La festicciola attorno al falò si sta scaldando. Si sono palesati altri felini in moto. Qualcuno ci supera odorando di erba e alcol etilico. Due leopardi – chi cazzo se ne andrebbe in giro con una giacca di pelle leopardata? – si avvicinano con brocche di benzina. I gatti la versano sulle fiamme, e vengono sparate in cielo volute giallo azzurrine. Urla e grida risuonano per il parcheggio. Pare che il variegato gruppo accolga anche una o due iene.

Devo far passare i tre oltre al falò e ai festaioli ubriachi, per infilarli sani e salvi nel furgone. Ma Hannibal non ci sta. Si staglia a gambe divaricate e piedi ben piantati in tutti i suoi due metri e passa per centocinquanta chili di puro muscolo.

"Ok." Faccio roteare le spalle. "Vuoi combattere? Eccomi qui."

"Tu?" abbaia.

"Lo so, non sono del tuo peso, ma accontentiamoci, dai."

"Troppo facile," dice con un sogghigno. "Io contro te e i tre."

"I tre devono andarsene." Mi sto ritraendo un po' per mettere spazio fra me e l'ostacolo, nella speranza che i gemelli capiscano l'antifona. Capiscono. Si muovono con me. "Ma ci raggiungerà un amico. Che ne dici? Due contro uno?"

"Quale amico?"

Mi indico la tasca. "Posso chiamarlo?" Non aspetto il permesso. Pesco il telefono e chiamo Deke. Risponde con un grugnito. "Ostili." Fisso Hannibal intanto. "Dare inizio alla manovra berlinese."

"Ricevuto." Aggancia.

"Aspet..." fa per dire l'altro, ma estraggo la Glock e gli sparo alle ginocchia.

"Scappate," urlo al di sopra delle sue grida. Sventolo una mano in aria per mostrargli la direzione. "Al furgone."

I gemelli partono. Bern in testa, Hutch e Canyon subito dietro.

Hannibal è sull'asfalto, sulle braccia. Gli sono caduti gli occhiali, e quando leva lo sguardo vedo che il contorno

15

occhi è un grappolo di cicatrici. Invece del luccicore del mutante, negli occhi ha nero.

Mi giro per correre dai gemelli.

Una pallottola non ferma tanto a lungo un mutante. Lo abbiamo solo rallentato.

Peggio: abbiamo attirato l'attenzione dei felini. Sbando contro uno di loro, e il gatto sibila.

"Le mie scuse," borbotto, ma pur sempre con la pistola in mano.

"I cani non sono permessi qui," grida quello. "Fermatelo!"

Si gira una dozzina di teste i cui occhi verdi sono laser che mi scrutano. Davanti a me i gemelli zigzagano fra i motociclisti. Sono quasi al falò, e la calca è fitta.

Canyon rallenta per guardarsi indietro.

"No," gli ordino. "Prosegui." Punto la Glock in aria per un colpo d'avvertimento. I gatti che mi attorniano soffiano e si curvano, come pronti a balzare.

Deke manda su di giri il furgone, che salta al di sopra di una bassa barriera di cemento in direzione del fuoco. I felini si sparpagliano. All'ultimo secondo, si schianta dritto contro alla fila di moto.

I gatti ululano.

"Via, via, via," urlo a Canyon. I fratelli arrivano alla parte posteriore del furgone e si tuffano oltre gli sportelli aperti.

Deke grida qualcosa. Si ritrova in mezzo troppe moto e auto per avvicinare il furgone. Dobbiamo attraversare noi il parcheggio.

Mi ritrovo davanti al grugno un ghepardo. Mi accuccio per caricarlo e schiantarmi contro al suo busto, come un difensore a una partita di football. Degli artigli mi strappano la giacca di pelle. Scaglio il mutante in un gruppo di compagnoni. Altri soffi.

I mutanti felini ci stanno chiudendo.

"Channing," urla Canyon. Lancia qualcosa. Del vetro si infrange e mi sorge intorno odore di fuoco e alcol. Le fiamme recidono la notte.

Il gatto accanto a me stride, facendomi fischiare le orecchie. Supera di corsa i compagni con la giacca che va a fuoco.

Dove ha recuperato i componenti per le molotov? Picchio il ghepardo più vicino e me lo rovescio sulla spalla per poi scagliarlo contro alla coalizione.

Nel furgone, Deke esegue manovre evasive. Il veicolo ha molti più cavalli di quanto ci si aspetterebbe, ma i ghepardi lo stanno circondando.

"Vai," urlo agitando le braccia.

La testa di Hutch fa capolino dal finestrino. "Canyon!"

Canyon dà la schiena al fuoco con un'altra brocca di alcol etilico in mano. È bloccato da un cerchio di felini che soffiano.

Merda. Che ragazzino. Lo sapevo che si sarebbe ficcato nei guai.

Luci e ombre gli lambiscono il torso nudo. Un felino vicino balza e lui indietreggia, calpestando vetro con lo stivale. Il kilt è pericolosamente vicino alle fiamme. Un solo altro passo indietro e vi si troverà in mezzo.

Balzano verso di lui due leopardi mutanti. Sollevo la pistola per allontanarli.

"Codardo," sibila uno. "Non si portano armi a un corpo a corpo."

Invece sì, se si è scafati. Ecco l'errore di Hannibal. Credeva che mi sarei comportato come a un incontro di pugilato. Fuori dal ring, quelle regole non trovano applicazione.

Nemmeno all'interno, se non spaventa perdere. O farsi squalificare.

Un gruppo di mutanti raggiunge i leopardi. "Non puoi sparare a tutti," dice uno facendo ridere gli amiconi, che sollevano una brocca di alcol etilico, come per un derisorio brindisi. Iene. "Quanti proiettili ti rimangono?"

"A sufficienza." Sparo alla bottiglia, poi mi giro per scappare, inseguito dai leopardi ululanti. Arrivo alla fila di moto cadute e ne inforco una. Di solito avrei bisogno di un po' per avviarne il motore tramite i cavi, ma è di un ghepardo. I cavi sono già collegati. Pizzico quelli giusti e parte.

I leopardi spiccano il volo, ma troppo tardi. Sfreccio via, diretto al falò. I gatti volano via fra le urla. Accelero finché la gomma anteriore non si stacca da terra, avvicinandosi. Canyon è dalla parte opposta, la schiena nuda dipinta dalla luce del fuoco. Dovrò farmi strada a forza fra la mandria di mutanti per aggirare il falò e arrivare da lui.

Oppure...

Un pezzo di compensato se ne sta appoggiato obliquo sul suo lato del falò. Una rampa. Era il piano dei ghepardi per la notte. Quegli scemi volevano saltare le fiamme.

Salgo la rampa a rotta di collo. Io e la moto spicchiamo il volo. Il calore mi colpisce in volto – sono proprio sul fuoco.

Peso più di un ghepardo, quindi non è il massimo. Rischio di non farcela. Le fiamme mi lambiscono gli stivali.

"Canyon," ruggisco. E mi sollevo, saltando via dalla moto e tramutandomi in lupo a mezz'aria.

Mi contorco e irrigidisco tutto, strappando i jeans e la giacca di pelle. Brandelli di tessuto piovono sul falò.

La moto si schianta a terra, per metà fuori dalle fiamme. Proprio dove prima stava Canyon – non si fosse spostato.

Atterro sulle zampe e carico in avanti chinando il capo da lupo per scivolargli fra le gambe e caricarmelo sulla schiena. Grida e ricade in avanti, aggrappandosi alla pelliccia bianca. Gli permetto di cavalcarmi fino al fondo del parcheggio e alla mia moto, come un bambino che conduca un pony in miniatura.

Alle nostre spalle, si sente uno scoppio quando le fiamme si nutrono del serbatoio della moto ed esplodono.

Due leopardi e iene, coi volti screziati ma già in via di guarigione, mi balzano davanti. Canyon getta i resti della molotov ai loro piedi, e io li supero.

Finalmente accanto alla moto, Canyon salta giù e io mi ritramuto in umano. Per una volta, sono grato all'esercito che ci fa indossare tutine aderenti adatte alla trasformazione. Sarebbe uno schifo guidare la moto nudo come un verme.

Hashtag problemidamutante.

Dovrò guidarla scalzo. Gli stivali sono fritti. Scrollo le mani. Saltando sulla moto sono atterrato sul vetro, e delle schegge mi si sono infilate nelle zampe. La seconda trasformazione le ha spinte fuori dalla pelle. Mi formicolano piedi e palmi, a segnalare che la guarigione da mutante è cominciata.

Mi piazzo a cavallo della moto e inserisco un complicato codice per avviarla. La mia non si può rubare collegando cavi: ho troppe misure di sicurezza.

"Salta su," ordino. Non appena Canyon monta sul retro, parto come una furia per allontanarmi dal casino.

Qualche ghepardo si tuffa nella nostra direzione, ma li schivo. Deke deride sempre la mia moto, ma per quanto riguarda velocità e manovrabilità nulla è alla sua altezza. Finisco con lo scartare il magazzino proprio quando ne sbucano fuori i tre allibratori. L'uccello batte gli occhi dietro agli occhiali enormi con uno spasmo, producendo una nuvola di candide piume. L'amico si tira i capelli grigi. Il terzo è al settimo cielo. "Cavolaccione," fa con un forte accento irlandese. "Questa sì che è anarchia."

Infatti. Il parcheggio è un ammasso di felini mutanti ululanti e asfalto bruciato cavalcato dalle fiamme.

Dovrò mandare un messaggio di scuse a Jared e Trey.

"Reggiti," abbaio a Canyon, e accelero per saltare una bassa barriera di cemento, e poi un'altra. Schiviamo un gruppetto di pantere sedute sui cofani di Honda Civic ostentatamente personalizzate. Soffiano, ma senza muovere un muscolo per seguirci.

Una sola strada porta dentro e fuori da questa via commerciale. Raggiungiamo Deke e gli altri proprio quando il furgone vi si immette.

"Evviva, siamo liberi," grida Canyon. Alle nostre spalle, esplode un ruggito. Il ragazzino si curva contro di me. "Oh no," fa con voce mozzata.

Azzardo un'occhiata indietro.

Hannibal ci insegue in moto. Si è rimesso gli occhiali da sole. I jeans sono laceri e macchiati sul ginocchio, ma non ci sono altre prove degli spari. Visto quanto sono servite a fermarlo, mi sa che le mie pallottole per lui sono state come due punture di zanzara.

Ruggisce ancora, inseguendoci. È su un mezzo enorme che sembra modificato. Vista la mole, è velocissimo.

"Tieniti forte," dico a Canyon, che ubbidisce. Grazie al fato è già stato sul retro di una moto. Schizzo su fino al furgone. "Ostile," urlo, "a ore sei."

"Ricevuto," ringhia Deke. Nella principale pesta l'acceleratore come avesse il piede fatto di piombo, ma non sarà abbastanza veloce per seminarlo. Sfreccio di nuovo dietro al mezzo per monitorare la situazione.

"Cosa facciamo?" grida Canyon.

Facciamo? Al plurale? "Dovevi andare coi tuoi fratelli," ringhio.

"Avevi bisogno di aiuto." Mi stringe quando ci curviamo per una svolta. "Non si lascia indietro nessuno."

"Non sei dell'esercito." Lancio di nuovo un'occhiata indietro. Hannibal guadagna terreno.

"Solo perché non mi lasciano entrare," si lagna nel mio orecchio.

Vero. "Dove hai preso le molotov?"

"Le stava preparando uno. Gliele ho fregate di mano." Si gira per riferirmi, "Arriva."

Ci troviamo su un lungo tratto di strada. Nessun civile. Potrei fermarmi e affrontarlo, dando così a Deke modo di scappare, ma metterei in pericolo Canyon. Quando mi sono tramutato ho perso la pistola.

Non ho idee.

"Che mutante è?"

"Non lo so. Nasconde l'odore con olio ai fiori di garofano."

"Ecco perché non ho sentito niente. Mi si è intorpidito il naso."

"Già." Mi si sta arrochendo la voce viste le urla esagerate, ma voglio portare avanti la conversazione. Voglio che Canyon capisca. Chissà da dove viene tutta questa voglia di fare l'insegnante... "Nasconde qualcosa," spiego inclinandomi per un'altra curva. Deke per superarla ha rallentato, e così abbiamo perso qualche altro metro. "Non vuole si sappia cos'è."

"Cazzo," borbotta piano.

È quasi su di noi.

Lo sportello del furgone si spalanca. Accoglie Hutch e Bern, aggrappati ai due lati di un lanciarazzi.

Gli faccio un cenno di assenso, ma tengo la moto fra loro e Hannibal, proprio davanti al campo visivo del nemico.

Altra curva. Deke se la mangia. Hannibal è a qualche metro di distanza, col rumoroso motore a lacerare l'aria. Quando ci ritroviamo su un tratto dritto, Deke rallenta.

"Via!" urla Bern, e scarto. Il razzo schizza fuori in uno sfrigolio. Si sente un boato e il calore dell'esplosione mi colpisce alla nuca.

Canyon ride.

Accosto accanto al furgone.

"L'hanno preso?"

"Hanno preso la moto," fa Canyon.

"Ancora meglio." Con un sorrisone, faccio vedere i pollici alti a Deke. Lui annuisce, e proseguiamo a velocità di crociera. Corriamo via nella notte con l'eco del ruggito di Hannibal alle nostre spalle.

Capitolo Due

Channing

"Non riesco a credere che tu gli abbia permesso di usare il lanciarazzi." Il furgone si è fermato a bordo strada, e Canyon si è riunito ai fratelli.

Deke grugnisce.

Indosso i boxer altamente tecnologici sviluppati dall'esercito perché ci rimangano addosso anche dopo la mutazione. Mi sono messo un paio di pantaloni della tuta di scorta che tengo nel bauletto insieme al portafoglio. È troppo piccolo perché ci stia molto altro, quindi mi mancano ancora maglia, giacca e stivali.

Hashtag problemidamutanti.

"Però ha funzionato." Infilo nel bauletto la sottile tuta dell'esercito e lo chiudo. "Ti spiace portarli a casa tu?"

Lancia un'occhiataccia ai gemelli, che si riraccontano la parte svolta nella missione di stanotte aggiungendo sangue e armi. "Tu dove vai?"

"In missione privata. Ne ho già parlato con Rafe." Mantengo il tono leggero, però mi si stringe il petto, e sento una zaffata fantasma di profumo di lillà e lavanda.

Deke si acciglia, ma non dice nulla.

"Ehi, Deke." Canyon trotterella al suo fianco. "Posso sparare col lanciarazzi io la prossima volta?"

Deke guarda male me, come a dirmi, *Non riesco a credere che mi lasci solo a fare da babysitter agli orsi.* "No."

"E se quell'Hannibal torna?" chiede Hutch.

"Scappate," faccio io. "A piedi probabilmente siete più veloci di lui." Canyon apre la bocca, quindi sbotto, "È un ordine."

"Signorsì!" Canyon e i fratelli s'irrigidiscono in un raffazzonato saluto militare.

"Visto?" dico a Deke. "Andrà tutto bene." Monto in moto. Il vento mi congelerà i piedi, ma che altro posso fare?

"Dove hai lasciato gli stivali?" domanda Canyon concentrandosi sui piedi scalzi.

"Dove mi sono tramutato, sopra al falò," rispondo io omettendo il resto. *Dato che dovevo salvarti il culo. Di nuovo.*

Gli si tingono di rosa le orecchie. "Prendi i miei." Se li leva. "È il minimo."

Smonto per infilarmeli. E sono pure quasi del mio numero, solo un po' più grandi. "Grazie."

Mi fa un sorrisone.

Hutch fa capolino fuori dal finestrino del passeggero. "Vuoi la mia maglia?"

Guardo la vaporosa maglia da pirata strizzando gli occhi. "No, grazie."

Bern offre la sua, simile a quella di Hutch anche se in nero. Passo.

Deke si dirige al furgone ed estrae un bomber di pelle marrone con imbottitura di montone. Me lo lancia.

"Cos'è?"

"Di scorta. Prendilo," dice. "Non puoi andare in moto a petto nudo."

Potrei invece, anche se sarebbe strano. "Grazie, fratello." Me lo infilo, sollevo il colletto e allargo le braccia. "Come sto?"

I gemelli sogghignano. Porto stivali in prestito, la giacca, pantaloni della tuta e nient'altro. Esistono mise migliori per una riunione attesa dieci anni, ma a caval donato non si guarda in bocca. Prima dell'alba i negozi non apriranno, e l'istinto mi dice di tornare il prima possibile da Julia.

Ovviamente mi dice anche di entrarle in casa, prenderla in braccio, buttarla sul letto e reclamarla come compagna. Cosa che non posso assolutamente fare.

Un passo alla volta, comunque.

"Comportatevi bene con papà Deke, orsacchiotti," dico rimontando in sella.

"Signorsì!"

Ottimo.

"Salite sul furgone," ordina Deke ai ragazzini, che obbediscono con gran chiasso. Poi si avvicina a me, pensieroso. "È una missione privata," fa, "ma c'è qualcosa che posso fare?"

È normale che il branco accetti missioni in solitaria fra i lavori grossi. Di solito è robetta breve, come fare da guardia del corpo o sorveglianza. All'alfa sta bene, basta che prima gliene chiediamo il permesso.

"Sono a posto così," gli dico. "In caso di bisogno, ti chiamo via radio."

"Bene." Fa una pausa.

"Oddio, Deke. È un momento intimo? Perché mi pare proprio di sì." Gli poso la mano sulla spalla con un faccino tutto innocente.

"No." Me la scaccia via, ma non può negare di essersi

concesso il momento di farmi sapere che mi guarderebbe le spalle.

"Sono con te. Buona consegna del pacco." Faccio l'occhiolino. "Ricordati che non ti è permesso ammazzarli." Gli punto contro una pistola fatta con le dita. "Però puoi strozzarli, se rompono troppo." Mi avvolgo le dita attorno al collo. "Privi di sensi tecnicamente saranno comunque in vita. Regola numero uno dei babysitter: tenere in vita i bambini."

Deke grugnisce.

"Visto? Fortuna che li riporti a casa tu e non io."

Vado ad avviare la moto e lui si aggrappa al manubrio. "Un'ultima cosa: chiamami di nuovo 'papà Deke' e ti eviscero come un cervo per poi stenderti ad asciugare a striscioline."

Gli faccio un sorriso tutto denti. "Ricevuto... *papà*."

Ringhia, mentre io ingrano la retromarcia per svincolarmi dalla sua presa, e col mio sorrisone da megawatt schizzo via in uno spruzzo di ghiaia.

Giù per la strada e fuori dal campo visivo di Deke, faccio rotta per casa di Julia inondato dal sollievo. Il lupo vuole starle accanto. Il figlio – mio nipote – ha tredici anni. La pubertà è difficile per qualunque ragazzino, ma di più per un mutante. Ora che il lupo sta emergendo, la situazione potrebbe sfuggire di mano. Fu mio fratello a guidarmi durante le prime trasformazioni. Fu tosta.

Dovesse accadermi qualcosa...

Gli promisi di tenere d'occhio i suoi. Sono dieci anni che invio denaro. Li osservo da lontano – dal posto di vedetta sulla collina o tramite le videocamere segretamente installate negli alti pini al di sopra della casa.

Ma per guidare Geo durante le mutazioni devo palesarmi. Di persona.

Il che significa stare con Julia. Di persona. A stretto contatto, come i pochi anni che trascorsi con loro quando Geo non era che un frugoletto. Prima della morte di Geoffrey.

Il lupo di Geo ha bisogno della mia presenza. Sarò un casinaro completo in confronto agli altri della squadra, ma non ha altri.

Terrò la testa bassa, tutto concentrato su di lui. Verificherò che tenga a bada l'animale. Aiuterò lui e la madre al meglio delle mie capacità.

E qualsiasi cosa farò, non cederò all'istinto, e non toccherò, assaggerò né reclamerò Julia.

L'umana che non dovrei assolutamente bramare tanto.

* * *

Julia

La mattina la sveglia suona sempre troppo presto. Mi giro per spegnerla con una manata abbastanza forte da farla cadere dal comodino. Sono di vecchio stampo – ne uso ancora una a orologio. Non dormo col telefono vicino al letto perché altrimenti, come prima cosa al risveglio, lo guarderei, e così la giornata lavorativa comincerebbe subito.

Non sono mai stata una mattiniera, ma ho del lavoro da sbrigare, e portare Geo a scuola ultimamente è più difficile che mai.

Mi faccio la doccia, indosso la mia mise lavorativa da casa – comodi leggings e una bella camicetta – e scendo di sotto per battergli alla porta mentre vi passo davanti.

"Buongiorno," urlo. "È ora di andare a scuola." Busso di nuovo e aspetto il brontolio soffocato che mi conferma che mi ha sentita. Resistendo alla voglia di irrompere all'interno per verificare che dia inizio alla routine del mattino, mi costringo a scendere di sotto. Preparo il caffè tendendo l'orecchio, nella speranza di sentirlo infilarsi sotto la doccia.

Sto cercando di dargli più spazio e privacy. Ma è difficile – molto più del previsto.

C'è una foto di famiglia – io, Geo e suo padre Geoffrey – sul frigo. È l'ultima che scattammo insieme. Geo aveva tre anni, e il suo dolce visino mi stringe il cuore. È la perfetta mescolanza di me e del padre. Ha i setosi capelli scuri e la carnagione bruno dorata miei, ma la struttura del volto è tutta del padre. Ed è riuscito anche a ereditare gli sconvolgenti occhi verdi di Geoffrey, che luccicano quando il suo lato lupesco sta per prendere il sopravvento.

La prima volta che hanno catturato la luce per lampeggiare come facevano quelli di Geoffrey, mi sono immobilizzata come un coniglietto. Me ne sono dovuta andare, prima che Geo sentisse l'odore dello spavento. Avevo quasi dimenticato di essere un'umana che deve crescere un mutante, mutante che un giorno potrà trasformarsi in gigantesco lupo. *E poi cosa farò?* Non avevo mai creduto di dover affrontare questo momento da sola, senza Geoffrey a guidarlo.

Ho quasi composto il numero datomi dal fratello per le emergenze. Quasi. Sono dieci anni che Channing è nell'esercito. Credevo ci saremmo visti tra un viaggio e l'altro, durante le ferie, ma non è più tornato.

Se vedesse per strada lo zio, Geo non lo riconoscerebbe. Capisco però. Prende parte a operazioni speciali. Probabilmente non torna negli Stati Uniti da anni. Sarebbe stato bello però che si fosse fatto sentire. Con una lettera. Un messaggio. Con un regalo di Natale per il nipote. Ovviamente i mutanti non festeggiano il Natale, quindi forse mi aspettavo troppo. Ma Halloween magari…

Invece no. Nulla. Nessun contatto a parte il denaro che

appare magicamente in delle buste. Che apprezzo, ma i soldi non sono esattamente il linguaggio dell'affetto per me. Quindi ho dovuto arrangiarmi. Va bene così, dai. Io e Geo ce la caviamo benissimo da soli. Siamo un'unità militare a parte.

Prima che il caffè sia pronto, la porta della camera scricchiola e Geo percorre il corridoio battendo i piedi. Trattengo il fiato finché non sento scorrere l'acqua della doccia del piano superiore.

Forse stamattina filerà tutto liscio.

Il telefono vibra di email e messaggi. Lo scollego dal caricatore della cucina e comincio a sfogliare i messaggi aprendo contemporaneamente il frigo per prenderne latte e uova. E pancetta. Ai mutanti serve carne. Me lo diceva sempre Geoffrey. Mio figlio sa ingurgitare cinque hamburger alla volta. Quando non si impegna, intendo.

L'assistente mi ha già spedito cinque email. Invece di concedermi il tempo di rispondere a ciascuna, la chiamo in ufficio posando la padella sul fuoco e aprendo le uova.

"Ciao, Kelly, sono io. Ho ricevuto i messaggi. Ho pensato di fare prima chiamandoti." Rispondo alle domande strapazzando mezza dozzina di uova e sistemando la pancetta sulla griglia.

Sfrigola quando Geo scende pesante le scale.

Aggancio. "'Giorno," cinguetto voltandomi verso di lui con un sorriso. "Ti ho preparato la pancetta."

Non risponde, però sembra meno cupo del solito. Tiene i capelli irti in maniera adorabile, e mi devo trattenere con tutta me stessa per non attraversare la stanza e passargli una mano sulla testa, come un tempo.

"Hai caricato l'iPad per la scuola?" Hanno dato a tutti gli alunni un tablet all'inizio dell'anno. È una specie di indirizzo tecnologico e matematico. Lo odio, perché così non dovrà imparare né l'ortografia né a digitare su una tastiera. I suoi migliori amici sono la correzione automatica e la funzionalità che scrive ciò che dici.

"Sì," grugnisce.

"Riempiti la bottiglia d'acqua, per piacere."

Si china sullo zaino per recuperarla e riempirla.

"Sono contenta che tu ti sia fatto la doccia." Ecco: il rinforzo positivo. "Hai usato il deodorante?"

Si annusa la maglia, come per controllare. Visto che è dotato di un olfatto sensibilissimo, sarebbe sensato che si rendesse conto dei più forti odorini che trasuda.

"Geo..." Non voglio assillarlo. Si mette tutto sulla difensiva, come stessi criticando il suo nuovo corpo e i suoi odori invece di verificare che si dia all'igiene di base.

Con un grugnito, si volta per risalire chiassoso le scale. È così delicato sui profumi che ho dovuto comprargli cinque diverse marche di deodorante prima di trovarne una che non odi. È naturale, al cedro e legno di sandalo.

Quand'è stato che il mio dolce bambino si è trasformato in un puzzolente e burbero adolescente? Era molto più facile fargli passare il cattivo umore col solletico. Adesso funziona raramente, e l'ultima volta che ci ho provato sono rimasta sconvolta dalla lunghezza dei suoi arti – mi ha quasi rifilato un calcio.

Mi affaccendo qua e là per preparargli il piatto e sistemarglielo sul tavolo.

"La colazione è pronta," urlo verso le scale, e mi mordo la lingua prima di assillarlo dicendogli pure di mangiarla finché è calda. Pensando a una cosa che mi sono dimenticata di chiedere a Kelly, la richiamo pulendo il banco e svuotando la lavastoviglie. Di solito se ne occupa Geo, ma se lo facesse adesso tarderebbe a scuola. Almeno ha portato fuori la spazzatura. Non ha messo il sacchetto nuovo nel cestino, ma è un inizio.

Una fredda folata s'inoltra dalla parte anteriore della casa, e quando vado a vedere trovo il portone socchiuso.

"Ok, ci siamo. Devo far uscire Geo, ma tra mezz'ora ci sono," prometto a Kelly, agganciando mentre fisso la porta. Mi aggrappo alla maniglia trasalendo. So di averla chiusa pure con la serratura di sicurezza, ieri sera. Che Geo sia uscito?

Per strada pare abbiano rovesciato il cassonetto. La spazzatura è sparpagliata a terra. Prendo il cappotto per correre fuori a pulire.

Geo dev'essersi dimenticato di chiuderne il coperchio, e un intraprendente procione deve averne approfittato. La carcassa di pollo della cena di ieri è sull'asfalto. Prendo uno straccio tutto strappato per raccogliere i residui più puzzolenti.

Ho quasi finito quando mi rendo conto di ciò che tengo in mano. Lo straccio lacero è una maglia a mezze maniche. E mica una qualsiasi, ma quella di una band. Sul davanti si legge *Faust*, e c'è una foto di Luna, la cantante principale, che strepita al microfono.

I Faust sono il gruppo preferito di Geo, dei cui memorabilia fa tesoro come un drago del suo forziere. Impossibile che abbia buttato via la maglia, ma eccola nel cassonetto. La indossava ieri sera, e adesso è a brandelli, come fosse passata per le grinfie di un animale selvatico. Ci sono strisciate rosso spento sul tessuto sbiadito.

E adesso capisco. So cos'è successo ieri sera. So perché la porta è aperta e la maglia andata. Mi aggrappo al tessuto così forte che le nocche sbiancano.

"Oddio, ci siamo." Un po' ci speravo e un po' mi terrorizzava l'avvento di questo giorno. Del giorno in cui i geni da

mutante di Geo sarebbe emersi in superficie, trasforman-
dolo in un lupo come suo padre.

È ora della *chiacchierata*.

Be', una prima chiacchierata l'abbiamo già fatta.
Quando gli crebbero i peli sotto alle ascelle e la voce
cominciò ad arrochirglisi, gli ricordai che avrebbe potuto
essere un mutante. Parve dimenticarsene, con gli anni. Sa di
essere diverso. Molto più forte, e poi guarisce più velocemente dei compagni. Sa che è assolutamente necessario che
nasconda a tutti gli esseri umani queste caratteristiche. Ma
non gliene parlo da anni. Non tiro mai fuori la questione
perché... be', non ero neanche sicura che sarebbe diventato
un lupo. È mezzo umano e mezzo lupo. Geoffrey mi disse
che a volte i mezzosangue non si tramutano. Non volevo
dargli speranza di possedere un superpotere per poi
deluderlo.

Ma non volevo neanche che venisse colto alla sprovvista, avesse potuto *davvero* tramutarsi. Quindi una volta ne
abbiamo parlato, e poi non ho più accennato alla cosa.

Adesso però sembra che ci siamo. I geni da mutante di
Geo sono stati abbastanza forti. È un lupo, come il padre.

E non ho la più pallida idea di come aiutarlo a superare
questo cambiamento di vita.

Torno all'interno col caffè che mi sciaborda nello
stomaco. Giunta al portone, ci trovo un'altra brutta sorpresa.
Artigliate sul legno sbiadito, sul fondo. Il pomello di bronzo
è frantumato, il che è impossibile. A meno che... a meno che
una persona innaturalmente forte non vi sia aggrappata con
sufficiente forza. Una persona ben poco consapevole della
forza che possiede.

Geo è a tavola a ingurgitare la colazione senza quasi
masticare. Anche Geoffrey mangiava così, soprattutto dopo
una mutazione.

"*Mijo*." Mi avvicino lentamente. "Stanotte ti sei..." Come faccio a chiederglielo?

Leva gli occhi e sbianca quando vede la maglia lacera che ho in mano. Si chiude in volto. "Non voglio parlarne."

"Tesoro..." Sprofondo a sedere accanto a lui. "È normale. Non c'è nulla di cui vergognarsi."

"Ho detto che *non voglio parlarne*." Si alza per andare a passi pesanti in soggiorno.

"Dobbiamo però." Lo seguo. "Sei uscito stanotte?"

È al portone, si mette il cappotto. Brontola qualcosa.

"Come?"

"Lo sai," dice forte, gli occhi che lampeggiano di verde brillante.

"Cos'è successo alla maglia?" Ne sollevo i brandelli. "Hai lottato contro qualcuno? Questo sangue è tuo?"

"No. Ho... ho cacciato." L'ultima parola la borbotta.

Mi costringo a deglutire la stretta morsa che ho in gola. "Da lupo."

China il capo, distoglie lo sguardo. Cercava di nascondermelo – non vuole che sappia? Crede che mi vergogni di lui? Sto combinando un casino.

Poso la maglia su un tavolinetto e ritento. "Geo, è normale che un ragazzo... che un mutante della tua età cominci a trasformarsi. Io e papà speravamo che avessi ereditato i suoi geni. È un bene."

Mi ignora e si mette lo zaino in spalla.

"Credo che dovremmo parlarne."

"Mamma, no. Farò tardi." Apre il portone e scivola fuori.

Io non sono una mutante. Come cavolo faccio ad aiutarlo a superare la pubertà?

Quando ero incinta, io e Geoffrey parlavamo della possibilità che avesse i suoi geni, ma l'adolescenza, gli anni in cui questi si sarebbero palesati, sembrava lontanissima. Discutere del futuro e affrontare la realtà sono due cose diverse.

E non esistono libri in merito. *Come educare l'animale mutante. I sette passi per una mutazione facile.*

Geo stanotte è uscito. Si è trasformato in lupo, si è strappato la maglia e in qualche modo l'ha macchiata di sangue. *Almeno non col suo.*

Ha solo tredici anni. Non può andarsene in giro di notte. Da lupo. E se lo vedessero?

Dio, che incubo. Non so neanche tenere al sicuro il mio bambino. Non riesco neanche a farlo rimanere in casa tutta la notte. Può tornare coperto di sangue animale. O peggio – può non tornare affatto.

Fuori circolano cacciatori che potrebbero spargli per divertimento. Per recuperarne il testone come trofeo.

Rabbrividisco.

Spalanco la porta. Geo scende a grandi passi il vialetto.

"Geoffrey, torna qui."

"Non chiamarmi così," sbotta senza voltarsi. "Non mi chiamo così."

"Non parlare con questo tono a tua madre," tuona una voce profonda, verso la quale sia io sia Geo ci giriamo.

A quindici metri di distanza, all'altro capo del tranquillo vicolo cieco, è parcheggiata una motocicletta. Se qualche minuto fa c'era, io non l'ho vista. Accanto vi è un uomo alto con larghi pantaloni della tuta e una giacca di pelle marrone. Attraversa il vicolo per salire il vialetto. Il sole fa capolino dietro a una nuvola. La luce ne colpisce i capelli biondi e cortissimi, e per un attimo somiglia tanto a mio marito che mi si mozza il fiato. Poi inclina la testa e gli compare una fossetta per guancia. "Ciao, Julia."

Al mio fianco, Geo si è irrigidito tutto. "Chi sei?" Mi si

piazza protettivamente davanti, anche se è più alto di me di soli due centimetri e mezzo. "Come mai conosci la mamma?"

"Tranquillo, Geo." Gli poso una mano sul braccio vibrante. "Lo conosco. È tuo zio Channing."

Capitolo Tre

*J*ulia

"Io non ho zii."

"Ciao, Geo." Ha la voce più profonda di quanto ricordassi. "Sono passati parecchi anni."

"Dieci." Non riesco a non lasciar trasparire la tensione dalla voce, e Geo s'irrigidisce di nuovo. Gli rimbomba in gola un basso ringhio. Per niente umano.

È il lupo.

D'un tratto vengo travolta dai ricordi di quello di suo padre, che emergeva ogni volta che mi credeva in pericolo.

Oddio. Devo mantenere la calma, così lo farà anche lui. Se crede Channing una minaccia, chissà che fa.

"Non ti vedevamo da *dieci anni*," gli dico, orgogliosa della voce ferma.

Dove sei stato?

"Lo so," fa. "Scusami. Vi ho spedito i soldi."

Incredibile. "Mandavi tu le buste?"

Annuisce.

"Ok." Lo incastro con un'occhiata che dice, *Con te faccio i conti dopo.*

Gli occhi verdi luccicano alla luce del mattino. È più alto di quanto ricordassi, le spalle sono più ampie. O forse è la postura. Nemmeno la posa disinvolta riesce a nascondere i potenti muscoli sotto alla giacca da moto. Si è irrobustito rispetto a quando aveva diciannove anni, il che è sorprendente dato che all'epoca era già tutto muscoli d'acciaio.

Indossa un bomber di pelle marrone e nient'altro. Niente maglia. La cerniera è abbassata, quindi ho un chiaro panorama dei pettorali scolpiti, delle creste spettacolari degli addominali. C'è ben altro che muscolo nascosto sotto a questo miserando outfit.

Non che stia guardando, eh. Sarebbe strano.

Gli stacco gli occhi di dosso. "Geo, devi andare. Perderai l'autobus."

"Non voglio lasciarti sola con lui."

"È a posto," gli dico nello stesso momento in cui Channing agita il pollice alle sue spalle, spalancando ulteriormente il bomber e svelando quindi un petto tonico e teso che farebbe ingelosire un modello. "Sei mai salito in moto? Posso darti un passag..."

"Neanche per idea," sbotto. So che mio figlio guarisce con straordinaria velocità, ma so anche che le moto sono letali. So pure che i mutanti non sono indistruttibili quanto si credono. L'ho imparato nel peggior modo possibile.

Geo la guarda strizzando gli occhi, la esamina.

"Sicura?" Channing fa un sorrisone, tutto un lampo di profonde fossette. "Così avremmo modo di conoscerci."

"No." Mi raddrizzo in tutta la mia altezza, quindi di trenta centimetri buoni meno di Channing. "Niente motociclette."

Il sorrisone svanisce. Mi osserva pensieroso. Non l'avevo mai visto tanto serio. Tanto adulto. "Ok. Geo, hai sentito la mamma. È ora di andare a scuola."

Digrigno i denti. *Come osi dire a mio figlio cosa fare?* Soffoco l'indignazione in modo che Geo non la colga nella mia postura e nel mio odore.

Cosa che assolutamente non fa. Si stringe nelle spalle e scende il vialetto. Aspetto che sia sparito e mi porto le mani sui fianchi. Channing lo sta ancora guardando con espressione distante.

Ha un volto più severo di quanto ricordassi, perfezionato. Ha ancora le fossette – ne fa sfoggio quando accende il fascino. Aveva le orecchie a sventola, un tantino troppo grandi per quella testa. Adesso non più. Nemmeno col taglio a spazzola. Possiede il corpo e la struttura ossea di una star del cinema.

Non che lo trovi attraente, eh. È decisamente troppo giovane per me. E poi è mio cognato. Sto solo notando delle differenze.

Non appena Geo è fuori tiro d'orecchio, mi schiarisco la voce per attirare la sua attenzione. "Non sta a te dargli direttive. Non puoi comparire dopo dieci anni e fingere di avere posto nella sua vita."

"Scusami." Lo sguardo verde acuto mi si posa sul viso. C'è qualcosa di stranamente intimo in questo esame. È sconcertante.

Richiamo tutta la mia rabbia. "Che ci fai qui?"

Ogni volta che Channing faceva qualcosa di sciocco o si ficcava nei guai, inclinava il capo di lato con quella sua espressione da *vabbè*. Un biglietto gratis di uscita dalla prigione che funzionava con tutti tranne che con suo fratello maggiore.

Adesso ha migliorato la mossa: inclina il capo, così che i suoi sconvolgenti occhi lampeggino in coordinazione con un accenno di fossetta. "Non posso venire a trovare il mio nipotino preferito?"

Raggelo davanti al suo fascino. "È il tuo *unico* nipote. Non che ti importi, comunque."

Le fossette svaniscono. "Certo che m'importa, Julia." Mi stupisce che paia sinceramente ferito dal commento.

"Davvero?" Incrocio le braccia sul petto e sollevo le sopracciglia. "Dove sei stato allora? Sei ancora nell'esercito?"

"Qua e là. Dappertutto." Fa spallucce. "Lasciai l'esercito anni fa per occuparmi di sicurezza privatamente. Ti scrissi un messaggio."

"Da un telefono usa e getta. *In caso di emergenza*, scrivesti. Come la spiegazione bastasse."

Santo cielo, chissà se combina qualcosa di illegale... se ha seguito le fallimentari orme paterne. Da ragazzino si ficcava spesso nei guai, ecco perché a diciassette anni Geoffrey dovette farlo trasferire da noi, in Arizona, invece di lasciarlo nel Kentucky col branco di mio suocero. Quei lupi erano problematici.

Nemmeno con noi è mai stato veramente a casa. Correva nella natura – se ne stava fuori tutta la notte. Andava in moto. Poi passò alle auto. E fin da giovane è stato un dongiovanni.

Solleva le spalle muscolose con disinvoltura, come se il comportamento tenuto negli ultimi dieci anni non avesse importanza. Non è mai stato il responsabile della famiglia. Lo era Geoffrey.

Il suo sguardo si posa sulle mie mani. "Perché odori di sangue di coniglio?"

Abbasso gli occhi sulla camicetta di seta in cerca di macchie. Nessuna. Temo di avere sulle mani l'odore della preda di Geo. I mutanti hanno un olfatto potente. "Non è niente."

"Menti, Julia." Fa un passo avanti, e adesso è abbastanza

vicino da toccarmi. Gli occhi lampeggiano di un verde più brillante, disumano, e rabbrividisco. Il suo lupo ha gli occhi dello stesso colore di quelli di Geo. E di Geoffrey. "Ha portato a casa una preda?"

"Non sono affari tuoi."

"Lo sono eccome. Sono venuto per questo. Per guidarlo durante la pubertà."

Ah.

Dovrei esserne felice. Mi serve proprio questo. Solo che vederlo di persona dopo tanti anni riporta in vita un bel fardello di dolore. Sono colpita da quanto ho patito la sua mancanza. Da quanto mi ha delusa un'attesa così lunga. Visse con noi per un paio di anni. Credevo sarebbe rimasto in famiglia una volta morto Geoffrey, ma sparì completamente.

"Non sarà necessario."

"Non sono d'accordo. E temo di dover decidere io in merito, dato che tu non sei una mutante."

"Prego?" sbotto.

"Di niente." Fa l'occhiolino e mi supera, diretto al portico.

Per un secondo me ne resto impalata nel vialetto a bocca spalancata. *Mi ignora adesso?!* Potesse esplodermi la testa, lo farebbe.

Ruoto su me stessa per rincorrerlo su per i gradini, pronta a dirgli due paroline.

Davanti al portone, Channing si acciglia.

"È stato Geo?" Indica il pomello schiacciato.

Mando giù il fastidio. Qualsiasi cosa riguardi Geo merita la precedenza. "Credo di sì. Non lo so."

"E questi?" Si accuccia per indicare i graffi su porta e stipite. Sono in basso. Non me ne sarei accorta se non me li avesse indicati, ma ormai sembrano la profonda artigliata nel legno vecchio di un incrocio fra un cagnone e un puma.

"Temo di sì. Non me lo vuole dire." Mi crollano le spalle. Che mattinata disastrosa. Che voglia di tornare a letto. Riavvolgere il nastro, tornare a quando Geo era un bimbo. A quando Geoffrey era vivo e la vita era più facile.

Channing mi entra in casa come fosse sua e raccoglie la maglia della band a brandelli. China il capo per annusarla. Gli lampeggiano gli occhi. "Decisamente coniglio," annuncia. "Quante volte si è tramutato?" Riflette osservando il tessuto lacero.

"S-Sinceramente non lo so. Stamattina ho trovato il portone socchiuso e la maglia rovinata. Non ha voluto parlarne."

"Probabilmente è spaventato. Sembra che la cosa l'abbia preso alla sprovvista," dice. "Ha sentito il bisogno di uscire, magari di levarsi scarpe e jeans. Ma la mutazione è giunta più rapidamente del previsto. Portava ancora la maglia." La solleva per mostrarmene il tessuto tirato, lo strappo al livello del colletto. "Una volta lupo, non si è fermato per levarsela. Ha sentito odore di coniglio ed è partito. E l'ha anche beccato." Ne sembra contento.

Fatico a digerire l'informazione. Anche se sospettavo qualcosa del genere, la conferma rende il tutto molto più reale. "Mio figlio è un mutante che non sa né cosa gli sta succedendo né come controllarlo."

Annuisce.

Mi passa per la testa ogni sorta d'immagine. Geo che sgattaiola fuori di casa per inoltrarsi nel bosco. Trasformarsi in lupo. Correre fra gli alberi odorando animali selvatici, cacciandoli, uccidendoli...

"Non può uscire a correre da solo a notte fonda." La

voce mi esce stridula dal panico. "Non mi sta per niente bene."

"Sta' tranquilla," mi consola Channing massaggiandomi le braccia. "Sono qui per questo. Ha bisogno di me."

Il suo tocco mi scombussola tutta. È mio cognato. *Giovanissimo*, tra l'altro. E il contatto… è un tantino troppo intimo.

No, non il tocco. La mia reazione al suo tocco.

Perché non lo vedo più come un ragazzino. Channing è un uomo fatto.

Be', tecnicamente non esattamente un *uomo* ma un mutante, ma è decisamente *maschio*.

Faccio un passo indietro con un cenno del capo, per liberarmi. "Che follia. Vorrei tanto fosse venuto da me."

"Probabilmente non voleva darti noie. E non stava pensando da essere umano. Pensava da mutante. Da lupo. L'animale è molto più diretto. Aveva bisogno di uscire nel bosco, quindi è uscito. Aveva bisogno di cacciare, quindi ha cacciato. Questo posto è perfetto."

"Così disse Geoffrey quando lo visitammo con l'agente immobiliare," dico in automatico. "E circa cinque anni fa qualcuno acquistò il resto del terreno attorno alla casa. Dovevano costruirci qualcosa, ma non ci fecero nulla, quindi la strada chiusa dà parecchia privacy."

"Bello."

Mi volto massaggiandomi le tempie. Per la mente mi vortica un tornado di pensieri, tutti roteanti attorno all'immagine di Geo solo e spaventato. Che si trasforma in lupo senza sapere nulla né comprenderne il funzionamento. Decisamente peggio della prima volta che mi vennero le mestruazioni o dei primi peli.

Sprofondo sul divano. "Ha tredici anni."

"È l'età giusta."

E se si allontanasse troppo e non riuscisse più a tornare a casa? E se lo trovasse un cacciatore? Si ritramuterebbe? È capace di tramutarsi a comando? E se uscisse da solo e rimanesse ferito?

Geo è tutto ciò che ho. Già ho perso Geoffrey. Non posso perdere anche lui.

"Julia," mi chiama Channing. "Julia."

Alzo le ciglia su di lui sbattendole.

"Respira," mi rimprovera delicatamente, e inspiro. "Ecco." Si siede sul divano accanto a me. Le molle scricchiolano sotto al suo solido peso, e il cuscino mi fa crollare verso di lui. "Respiri profondi. Andrà tutto bene."

"È solo un ragazzino. È troppo giovane. Non può uscire da solo." Ho una bella stretta al petto. Lì mi si accumula l'ansia, sotto allo sterno. Fossi sola, me lo massaggerei.

Channing mi cinge con un braccio, che posa sullo schienale del divano. Non mi tocca, ma sono comunque avvolta dal suo calore. "Lo so. Per questo sono qui," dice, e la sua voce è un oceano di calma. "È una situazione normalissima."

La respirazione si placa. La mano di Channing mi aleggia sulla spalla, a pochi centimetri di distanza, sempre senza toccarmi.

"Non sarà solo. Ci sarò io." Gli occhi di Channing hanno orli scuri e striature dorate che si irradiano dalla pupilla. C'è una lieve peluria bionda sulla guance cesellate.

È così grande e grosso rispetto a me che occupa più dello spazio a lui destinato sul divano. Oltre al bomber, indossa pantaloni larghi della tuta e stivali neri. Senza maglia.

Arriccio il naso. "Perché sei senza maglia?"

Fa spallucce, seguite dall'espressione *vabbè* che conosco fin troppo bene.

Mi raddrizzo spostandomi di un paio di centimetri a sinistra, per distanziarmene. Probabilmente è rimasta nel letto di una poverina. Ricordo che era un bel dongiovanni alle superiori.

Le avrà dato una notte da ricordare per svignarsela prima dell'alba. Adesso lei si starà svegliando, e si renderà conto che non c'è più. Almeno mi ha lasciato la maglia, penserà raccogliendola per annusare il suo profumo. L'unico souvenir rimasto del dio che le ha rivoltato il mondo come un calzino per tutta la notte.

Ma perché penso a Channing a letto? È sbagliatissimo!

Mi premo le mani sulle guance. La pelle mi ustiona i palmi.

"Julia?" Il suo sguardo ricade sulla fede che mi diede Geoffrey.

Non so neanche perché la porto ancora. All'inizio non ero pronta a toglierla. Poi vi ho trovato conforto, e l'ho indossata come scudo. E ora che sono trascorsi anni non si sfila più.

Salto su dal divano e attraverso la stanza. Sono tutta accaldata. Che siano le vampate? "Devi andare." E io devo riassumere il controllo. Qualsiasi cosa sia in corso al momento fra noi, deve finire. "Subito."

"Julia." Il morbido tono perentorio che ha nella voce mi induce a girarmi. Si è alzato, e l'intera stanza sembra essersi rimpicciolita. "Non me ne vado."

"Be', questo sì che è un cambiamento."

S'indurisce in viso, e so di aver fatto centro. È doloroso ferirlo, ma tirerò fuori l'artiglieria pesante se necessario. Se servirà a cacciarlo.

Perché non sono sicura che sia il modello che voglio per Geo. Sarà anche un mutante, ma è un pazzo scatenato. È venuto fin qui senza maglia e in moto. Chi si comporta così? E perché poi? Non ha la stoffa del mentore. Inoltre vederlo mi provoca anche dolore. Mi ricorda tempi migliori.

Mi ricorda Geoffrey. Mi ricorda la solitudine che vivo adesso.

"Ho combinato un casino," dice. "Lo so. Potessi tornare indietro, cambierei tutto. Ma adesso sono qui, per Geo. E per te." Avanza nel mio spazio. Mi scruta in volto.

Chissà perché ha aggiunto l'ultima parte – *e per te*.

Non mi serve niente da lui.

Non voglio assolutamente cedere.

Come mi vede? Lui è cambiato tantissimo, ma anch'io. Si rende conto di quanto sono invecchiata? Delle rughe? Risulto ancora attraente per gli uomini?

La schiena mi si fa acciaio. "Conversazione finita. Devo mettermi al lavoro."

Per un secondo se ne resta qui a incombere su di me. È di trenta centimetri più alto, e ha quarantacinque chili di muscoli in più incassati in quella stazza tesa. Forse anche novanta.

Non posso certo ribellarmi a forza. Potrebbe sollevarmi con una mano sola. O portarmi ovunque voglia a mo' di pompiere. Mi lagnassi, mi rifilerebbe uno schiaffo sul sedere. Mi rovescerebbe, imbavaglierebbe, legherebbe. Probabilmente nell'esercito gli hanno insegnato ogni sorta di mosse per bloccare il nemico.

Ehm... wow. Ma perché adesso penso queste cose?

Rabbrividisco tutta. M'irrigidisco per recuperare il controllo.

Ha uno spasmo a un sopracciglio. Inspira accuratamente il mio odore.

Mi schiarisco la voce e sollevo il mento.

"Ti lascio lavorare, ma non finisce qui." Va alla porta,

ma si ferma con la mano sullo stipite. "Geoffrey mi disse di badare ai suoi. E lo farò."

Mi sfugge uno sbuffo. Troppo poco, troppo tardi. "Ce la siamo cavata benissimo per più di dieci anni. Non ci servi."

Apre la bocca per dire qualcosa.

"Chiudi la porta quando esci."

Con un'ultima e lunga occhiata, obbedisce. Sprofondo contro alla parete. Tremo, e il sudore mi corre giù per la schiena in un rivolo.

Se n'è andato.

Bene.

Dovrei esserne sollevata. Invece mi si arrampica su per la schiena un certo disagio. Me la sono giocata malissimo. Channing è letteralmente l'unica persona al mondo che al momento possa aiutarmi con Geo. Mi sa che cacciarlo non è stata la mossa più furba dell'universo.

Mi sa che ho combinato un casino.

Channing

È più bella che mai. Neri capelli setosi, scuri occhi di fuoco. Quando mi sono avvicinato a Geo, ho temuto sfoderasse i denti per ringhiarmi contro come una mamma lupa.

Vederli così vicini e in forma umana non è come osservarli in videocamera o avvicinarmi quatto quatto da lupo. Geo è più grosso, più alto – il grasso infantile si è sciolto. La voce è più profonda. Sta varcando la soglia fra il ragazzo e l'uomo.

Somiglia così tanto a mio fratello che è un pugno allo stomaco.

E Julia... Julia è tutto. Tutto ciò che abbia mai desiderato. Tutto ciò cui abbia pensato in dieci anni. Il viso ovale e snello, il corpo tonico. Il profumo – da vicino più complesso – è una rivelazione. Tutti i sentimenti soffocati si levano ora come una fenice, graffiandomi le viscere col fuoco. Non resta nulla di me né delle mie difese.

È pericoloso avvicinarsi tanto. Ma al pericolo sono abituato. Devo saperlo gestire, per il bene di Geo. Sarà la missione più difficile della mia vita.

Julia crede di aver vinto il round. Scendo a grandi passi il vialetto in ascolto dei suoi movimenti in casa. Odio lasciarla, però mi servono rifornimenti.

Ho un telefono usa e getta, ma dovrò fermarmi ad acquistare vestiti. È ora di farsi restituire tutti i favori dispensati nel tempo.

Ho del lavoro da sbrigare. Una famiglia da proteggere. Da reclamare.

Ce la siamo cavata benissimo per più di dieci anni. Non ci servi.

Quando mio fratello morì, avevo diciannove anni. Ero un uomo bambino. Egoista e irresponsabile. Ecco il Channing che Julia conosce. Mi biasima per essere sparito, e capisco. Vi vede l'ennesima prova del mio egoismo. Non sa, né io so come spiegarle, perché dovetti andarmene.

Ma probabilmente è meglio che sia incazzata, che l'abbia indotta a pensare il peggio di me. È la compagna di mio fratello. Non sta a me reclamarla, malgrado il lupo la desideri.

Capitolo Quattro

Julia

Vista la mattinata, è un miracolo che sia riuscita a presentarmi in tempo alla prima riunione via Zoom – la revisione di un contratto. Traslocai a Flagstaff subito dopo Legge per fornire consulenza legale a una no-profit che si occupa di diritti di protezione delle acque autoctone, e ci lavorai quasi dodici anni. Hanno chiuso lo scorso anno però, quindi mi sono presa un lavoro gestibile da casa con un buono stipendio, benché meno appagante, come consulente privata per Van den Berg.

Ora che Geo è cresciuto, vorrei tornare al settore no-profit per fare la differenza nella comunità. Mettere a punto contratti per un eccentrico miliardario non è esattamente uno scopo di vita.

Il cuore sobbalza ancora dopo la discussione con Channing. Quando c'era Geoffrey si occupava lui di gestire il fratello. Channing era un disastro, un casino a scuola, nei fine settimana spariva e si presentava a cena con due occhi pesti e sfoghi cutanei da asfalto sulla schiena nuda, seppur in via di guarigione. Anche all'epoca perdeva spesso la maglia. Nessuna attività pericolosa era off limits. Incontri di pugilato, gare in moto, scalate di torri idriche per una nuotatina di mezzanotte – è un miracolo che non sia finito in galera. Riusciva sempre a evitare conseguenze solo ed esclusivamente col suo sorrisino tutto fossette.

Tranne che col fratello.

Geoffrey vedeva sempre oltre il fascino. La sera lo prendeva da parte. Insieme lavavano i piatti e mettevano via quel che rimaneva della cena mentre gli faceva una ramanzina sulla responsabilità e su come ci si doveva comportare.

Fu assistendo a queste sgridate, severe ma delicate, che capii che Geoffrey sarebbe stato un buon padre.

Channing però... pareva fregarsene della sua stessa vita e della confusione che causava attorno a sé.

E adesso è tornato, se un quarto d'ora di litigata conta come ritorno.

Mi concentro sul lavoro. La revisione del contratto è per una delle tante aziende del capo. Il consulente della controparte ha una voce polverosamente secca che si dilunga parecchio. Faccio la seria per la telecamera, fingo di ascoltare e annuisco nei momenti giusti. Più che altro tendo l'orecchio a eventuali rombi di moto nel vialetto.

Non finisce qui.

Tornerà?

Voglio che torni?

Potrebbe aiutare Geo. Ma qualsiasi aiuto da parte sua porterebbe più male che bene. Posso solo immaginare le brutte abitudini che gli insegnerebbe. A sgattaiolare fuori di casa per correre nel bosco per ore – Channing sembra pensare che rientri nella normalità. Geo ha bisogno di una persona che gli insegni a tramutarsi in modo responsabile, non a mettersi nei guai. Sarebbe una pessima influenza.

E quando la faccenda si farà dura, sono sicura che se la

filerà. Non è tipo da assumersi responsabilità. Non voglio che Geo gli si affezioni per poi ritrovarsi col cuore spezzato. O peggio, che lo prenda a modello e lo segua in attività incaute e pericolose.

Agguanto la penna con tanta forza da romperla, e mi macchio d'inchiostro la camicetta. Per fortuna posso riposizionare il computer per rendere visibile alla telecamera solo il volto, non i vestiti sporchi. Finita la riunione, mi cambio e spazzolo i capelli. Non per una ragione particolare. Non sto mica pensando di far rientrare in casa Channing, eh.

Cavoli, Geoffrey è morto da tanto di quel tempo... avrei dovuto ripropormi al mondo e uscire con qualcuno. Forse ormai avrei anche conosciuto un uomo. Forse allora la ricomparsa del mio *giovanissimo* cognatino non mi innervosirebbe tanto. Ma che problema ho?

Mi guardo allo specchio. Non riconosco la Julia che mi restituisce lo sguardo. Ha le guance arrossate, come avesse bevuto in pieno giorno. Ha un'aria mezza selvatica.

Ulteriore prova che Channing ha una cattiva influenza. Quindici minuti in sua presenza mi hanno fatto più effetto di quanto dovrebbero.

Ha detto di voler rendersi utile. Di voler rispettare la promessa fatta al fratello.

Assurdo, e tipico di lui presentarsi mezzo nudo recitando il ruolo di Mister Responsabilità. Come osa somigliare tanto a Geoffrey e Geo, le due persone cui voglio più bene al mondo? Come osa essere tanto sexy, accidenti?

O forse sono solo arrabbiata con me stessa per esserne attratta. Insomma... è follia. Probabilmente sento la mancanza di Geoffrey, e Channing è quasi lui.

Ma ha dieci anni meno di me!

Finite le riunioni mattutine, sfogo l'aggressività su un contratto redatto malissimo, facendolo a pezzi nei commenti, battendo sui tasti del computer con sufficiente forza da spaccarli. Nemmeno la pausa yoga di metà mattina mi placa i nervi.

Geo torna a casa nel mezzo di una riunione del pomeriggio. Quando riesco ad andare da lui, ormai si è rinchiuso in camera, e fa i compiti con gli auricolari su.

Sono stata tanto distratta da dimenticare di organizzare la cena e chiamare la scuola che frequenta adesso per far mandare il suo curriculum studiorum a quella privata che frequenterà, grazie al capo. Biasimo Channing anche per questo. Un'occhiata fuori dalle finestre anteriori della casa mostra la strada cieca vuota.

L'ultima riunione della giornata è col capo, Van den Berg. Un anno fa il suo principale studio legale mi assunse per una collaborazione. Fu tanto contento del mio lavoro che mi creò una posizione a tempo pieno. Paga bene e si adatta ai miei orari di madre sola. Si tratta più che altro di noiosi contratti aziendali e immobiliari. I ricconi tendono ad avere ogni sorta di impresa, e si danno a parecchie manovre per nascondere le risorse in loro possesso. E Van den Berg è molto, molto ricco.

A sessantacinque anni, è in forma e abbronzato per via della dipendenza da golf, ha un gentile viso da nonno e una barba più bianca che grigia. Entra in videoconferenza con qualche minuto di ritardo, e lo schermo mi propone la grandiosa scrivania di mogano e la caraffa di cristallo piena dello scotch più costoso del mondo. Solleva il bicchiere mezzo pieno per un brindisi con un luccichio negli occhi.

"Salve. Spero di non interrompere qualcosa di importante," scherzo, perché la riunione era prevista. Non è un segreto che alle quattro abbia appuntamento con un bicchierino di whisky.

"No, affatto. Mi perdonerà la piccola indulgenza." Sorseggia il liquore.

"Si figuri. A dire il vero farebbe comodo anche a me." Non appena chiusa la giornata, mi verso un calice di vino.

Sembra preoccupato. "Giornata lunga, signorina Armstrong?"

"No, il lavoro sta andando bene. Vorrei solo che il resto della mia vita fosse ugualmente gestibile."

"Ah." Posa il bicchiere con un tintinnio. "Spero che Geoffrey Junior non le dia noie. Sarebbe tipico dell'età."

"Eh già." Mi scappa un debole sorriso.

"È un bravo ragazzo. Diventerà un brav'uomo. Spero di non esagerare se dico di avere un debole per voi due."

"È più che generoso con noi." Col suo aiuto, riuscirò a far entrare Geo alla *Woodman Prep*, una scuola esclusiva. La retta è alta, ma il mio ormai generoso salario la coprirà. Cosa più importante, le raccomandazioni di Van den Berg gli assicurano un posto. "Non so come ringraziarla di tutto ciò che ha fatto."

Sventola una mano. "È stato un piacere. È un'ottima madre, ma ora che sta crescendo il ragazzo ha bisogno di un buon esempio. Di una sfida, di più responsabilità. Di un ambiente robusto. Tutte cose che avrà alla *Woodman*."

"Si diplomò lì lei, vero?"

"Sì. Non tema: le strutture sono state ammodernate. Computer, tablet e palestre nuove."

Non è stata però la tecnologia ad attirarmi alla *Woodman*. Ce n'è più che a sufficienza nella scuola che frequenta adesso. Sono stati l'ampio campus e le attività all'aperto. "Geo non vede l'ora di seguire i corsi di mountain bike."

"Ah sì, proprio ciò che gli serve: molto esercizio fisico. Ha ricevuto la raccomandazione?"

"Sì, e gliene siamo veramente grat..."

Scaccia di nuovo la mia gratitudine con la mano. "Allora è tutto a posto."

Annuisco, anche se non è vero. Devo ancora organizzare il primo pagamento e il trasferimento del curriculum. È tutto sulla lista di cose da fare.

"È un bravo ragazzo," dice Van den Berg. "Il padre ne sarebbe orgoglioso."

"Grazie."

Il rombo di un motore mi fa girare la testa. Ho allestito l'ufficio nella terza camera, quella inutilizzata, che dà sulla fine della strada. Sta risalendo verso casa un pickup rosso luccicante con un rimorchio aperto che trasporta una moto dall'aria familiare.

Non riesco a evitare di accigliarmi.

"Tutto bene?"

"Mi scusi. Qualcuno ha appena accostato qua fuori." Il furgoncino rosso s'immette nel vialetto, bloccandomi la macchina.

"Ospiti inattesi?"

"Più o meno." Allungo il collo. Non vedo chi salta giù dal mezzo sbattendone la portiera, ma posso immaginarlo. "È tornato in città lo zio di Geo."

"Lo zio?" Van den Berg aggrotta le sopracciglia cespugliose. "Non sapevo avesse zii."

"È uno zio paterno. Non lo vedevamo da anni."

"Capito. Be', meglio non farlo attendere troppo, no?"

Mi metto al lavoro, concentrandomi sulla lista di cose che il capo deve aver revisionate, appuntandomi critiche e preferenze. Finiamo con qualche minuto di anticipo.

"Metto tutto insieme e poi le invio i documenti per la firma."

"Non c'è fretta. Non guarderò la posta prima di domani. Vada pure dal suo ospite."

"Grazie." Esco dal programma, sentendomi in colpa. Van den Berg è gentilissimo. Batto comunque al computer una veloce bozza degli appunti presi e mi organizzo per spedirli domattina presto. Poi mi alzo e raddrizzo le spalle.

È ora di dirgliene di nuovo quattro.

Il grosso furgone rosso è ancora nel vialetto. Non vedo Channing, ma sparpagliati su una cerata distesa per metà sul prato ci sono degli attrezzi. Si sentono dei colpi seguiti dal lamento di uno strumento elettrico.

Ma che combina?

La porta di Geo è ancora chiusa. Ormai avrà finito i compiti e starà giocando ai videogiochi. Con gli auricolari, è nel suo piccolo mondo.

Per fortuna. Non mi sentirà sbraitare contro suo zio.

Channing è accucciato presso il portone, mezzo aperto. Di nuovo a petto nudo. Il sudore luccica sui meravigliosi muscoli del petto e della schiena.

Leva gli occhi, e incrociamo lo sguardo. Verde e oro coi bordi scuri. Mi vacilla il passo, e inciampo su un borsone di lana verde esercito.

"Attenta," mi avverte, ma troppo tardi.

Mi blocco con un sibilo, mettendo in ordine i pensieri. Rifilo un calcio al borsone, ma è troppo pesante per spiccare il volo, quindi lo faccio scivolare più in là col piede. "Che ci fai qui?"

"Sistemo il pomello. Visto?" Indietreggia per mostrarmi con fare teatrale quello nuovo scintillante. "Adesso si chiude bene."

Ha ragione, la porta è sistemata. Una voce della lista di cose da fare di cui un giorno avrei dovuto occuparmi. Sicuramente non oggi.

Lo ringrazierò dopo averlo ammazzato. *Perché è senza maglia?* "Channing..."

"No, non serve che mi ringrazi," fa prima che possa illuminarlo. "Sul tetto manca qualche tegola. Dopo mi occuperò di quello. E ho ordinato pizza per cena. Spero che vada bene."

Ansimo dall'irritazione, ma non riesco a seguirlo. Pomello, tegole... pizza? "No!"

Inclina il capo. "Non ti piace? Ho preso anche alette di pollo piccanti."

"Non puoi venire qui e..." Agito le mani. Faccio l'avvocato. Uso tutto il giorno un linguaggio complesso. Channing mi ha lasciata completamente senza parole. Sarà il petto nudo. È puntellato di peletti dorati tutti arricciati. Cioè, non che gli guardi i peli del petto, eh. *Figuriamoci!*

Si raddrizza e fa un passo verso di me. Il sole che sale ad arco al di sopra della sua spalla gli fa brillare il corpo tonico. Vista che manderebbe in visibilio un fotografo di Vogue.

Smettila di fare la pervertita col tuo piccolo cognato! La presa sulla rabbia si allenta.

La luce gli indora le lunghe ciglia facendo risaltare l'oro degli occhi. "Te l'ho detto stamattina. Hai bisogno di me, Julia."

Certo. Quanto di una pallottola nel cranio. Ok, forse esagero un tantinello, ma tanta arroganza è sbalorditiva. Come dovessi essere felice e contenta che abbia improvvisamente deciso di farci dono della sua presenza e del suo aiuto per due lavoretti... ma anche no. "No invece." Incrocio le braccia sul petto, cercando di resistere al fascino di Channing. E ai suoi addominali. Difficile però, quando i peli dorati del petto luccicano al tramonto. Quando sto letteralmente vivendo un momento alla *Magic Mike* sul portico di casa mia. "Per niente," insisto, ma sembra quasi stia cercando di convincere me stessa. "Ti avevo detto di andartene."

"Me ne sono andato. E poi sono tornato."

"Intendevo in maniera permanente." Ho fatto qualche passo avanti, e adesso siamo a qualche centimetro di distanza. Il calore del suo corpo vibra fra noi. Profuma di natura, è fresco e selvatico. Una perlina di sudore gli corre giù per il centro del petto seguendo gli incavi e i contorni dei muscoli. E mi fa incazzare farci caso.

"Neanche per idea, Jewels."

Il vecchio nomignolo mi accende una profonda brama – del passato. Quando avevo Geoffrey. Quando Channing era l'adorabile e pazzo ragazzino che viveva con noi. Pronunciava di proposito Jules come *jewels* – gioielli – per fare il carino.

Brama che però si trasforma in altro. Non più del passato – di altro. Come volessi che Channing riempisse il vuoto lasciato da Geoffrey. Ma è sbagliato. Inoltre su Channing non si può fare affidamento.

"Non ho bisogno di te," asserisco, anche se è una menzogna. "Non ci servi."

Arretra per esaminarmi bene in tutto il mio metro e cinquantacinque di irritazione. "Menti." Si tocca il naso. "Lo so dall'odore. È tanto che hai bisogno di me."

"Forse dieci anni fa. Ma adesso sicuramente no." Non cederò. Gli avvocati non cedono mai.

"Allora, ma anche adesso." Ha un tono contrito. "Ho molto cui rimediare." Indietreggia per tornare al portone e mettere via gli attrezzi.

"Non puoi... non... qui non si rimedia a niente. Ti ho detto di andartene. Questa è casa mia."

"E di Geo. Vuoi chiedere a lui?"

"Nemmeno lui vuole avere niente a che fare con te."

"Non mi conosce. E adesso ha bisogno di me."

"E di chi è la colpa?"

"Mia. È mia, Julia. È tutta colpa mia. E me ne scuso."

Mi lascia senza fiato. Channing non si scusava mai per le sciocchezze che combinava. Forse un pochino è cresciuto davvero. "Non puoi presentarti qui a dire che sistemerai tutto."

"Lo so. Te lo dimostrerò. Dici di non aver bisogno di me, ma un tuttofare ti serve."

Incrocio le braccia sul petto. "Ce l'ho già."

"E le tegole allora?" Esce di casa per scendere i gradini e guardare a occhi strizzati il tetto. Dovrei sbattergli la porta in faccia e chiuderla a chiave, ma mica lo fermerebbe. Scassina serrature da quando era un ragazzino.

Perciò lo seguo all'esterno per alzare gli occhi al tetto, che non mi ero resa conto necessitasse di manutenzione.

"Ancora qualche anno e dovrai sostituirlo," dice. "Se però sostituisci le tegole. Potrebbero già esserci danni dovuti all'acqua."

Ah. Be', questo spiega tutto.

Digrigno i denti. "Un paio d'anni fai chiamai un operaio. Lavorò due giorni, che gli pagai, e non tornò più."

Gli lampeggiano gli occhi. "Come si chiama?"

"Perché lo vuoi sapere?"

Incrocia le braccia sul petto, gonfiando ulteriormente i bicipiti. Cerco di non fissarglieli. *Dio*, che grossi... "Dovrò dirgli due paroline."

"Non importa. Posso chiamarne un altro. È sulla lista di cose da fare."

"Che altro hai su quella lista?"

"Non sono affari tuoi."

"Errore. Sono eccome affari miei. Li renderò affari miei."

"Mi arrangio," insisto. Odio questa sensazione di dovermi spiegare, ma lo faccio lo stesso. "Assumere gente richiede tempo. E soldi."

"Cos'è successo al denaro che ti ho spedito?"

"Le buste di contanti? Le ho usate in spesa e ristoranti, cose così."

"Tutto qua? Julia, erano centinaia di migliaia di dollari..."

"Lo so," sbotto. "E non sapevo da dove saltassero fuori né se fossero legali. Non so come spenderli. Non posso mica entrare in banca e dire, 'Ecco una borsa di contanti; pagateci il mutuo, per favore."

"Perché no?"

"Perché non si fa così!" Scaglio le mani in aria. "La gente normale non si porta dietro borse di banconote non contrassegnate. Sembrerei una spacciatrice."

Channing grugnisce. "Non ci avevo pensato."

"Ovvio. Perché tu *non pensi*."

"Sono abituato a essere pagato in contanti. E sì, erano soldi legali. Te l'ho detto: adesso lavoro nel settore privato. È un mestiere altamente rischioso, quindi anche lucrativo. Però hai ragione, non tutti sono abituati a gestire pacchi di contanti. Parecchi sì però. Prendi il furgone." Agita il pollice alle sue spalle. "Quello che me l'ha venduto lo teneva fermo. Gli ho detto che volevo acquistarlo, e lui mi ha chiesto per quanto."

"L'hai comprato oggi?"

"Dopo qualche commissione. Per questo mi ci è voluto un po' a tornare."

"Ma... ma non si comprano così i furgoni. E i documenti del veicolo? Il modulo di denuncia dei sinistri? Il libretto?"

Fa spallucce, movimento che gli espone ogni singolo muscolo. Ne ha più del dovuto. Una tartaruga di addominali con una scala di muscoletti su per i fianchi e una scoscesa V che porta alla cintura dei pantaloni della tuta.

Porca p... gli scollo gli occhi di dosso.

"Sta' tranquilla. Ti preoccupi troppo. Hai insegnato a guidare a Geo?" Si china per raccogliere la cassetta degli attrezzi.

Mi saltano gli occhi fuori dalla testa. "Cosa? Certo che no! Ha tredici anni!"

"Be', posso insegnarglielo io."

"È troppo giovane!"

"Avrà bisogno di fare pratica prima del foglio rosa. Mica andiamo in strada."

"Neanche per idea," dico a denti stretti. "Usa pure il furgone per andartene."

"Negativo." Mi fa l'occhiolino, con tanto di lampo di fossette. Quel che basta a far cedere le ginocchia a una donna più debole di me. Ma io resisto. Be', ci provo.

Risistema la cassetta degli attrezzi nel furgone e si volta verso di me. Le fossette non fanno la loro apparizione, ma aleggiano appena oltre. La mia irritazione lo diverte?

Di solito sono tranquilla, calma e posata. Discuto per lavoro. Devo solo esporre le mie argomentazioni, costruire il caso. Ma Channing sembra pronto a un servizio fotografico, appoggiato al furgone. Mi scombussola tutta. C'è poi il fatto che somigli a Geoffrey. Dev'essere quello. Sono sconcertata di vedere una persona così simile all'amore della mia vita.

"Hai acquistato il furgone ma non hai pensato a comprare una maglia?"

Non appena mi escono queste parole di bocca, capisco di aver sbagliato. Ecco le fossette.

"Sì che l'ho comprata. Vedi?" Ce n'è una bianca a maniche corte appesa al finestrino aperto. La raccoglie per coprirsi il busto. Il morbido tessuto si modella in maniera adorabile sulle sue forme. Più piccola di due taglie. Allarga le mani. "Meglio?" Sembra un modello per profumi di *GQ*. Il petto coperto non ne offusca il fascino.

Le vene e la liscia forza degli avambracci mi bastano e avanzano. Per non parlare delle mani.

Oddio, le mani...

Distolgo gli occhi fingendo di accigliarmi verso il portone. "Non eri costretto a sistemarlo."

"Sì invece. E sostituirò il vecchio sistema di sicurezza con uno più avanzato."

"Non abbiamo sistemi di sicurezza."

"Sì invece."

Apro la bocca per ribattere, ma lo scricchiolio di gomme mi interrompe. Una malmessa Honda Civic con l'insegna di una pizzeria sul tettuccio entra rumorosamente nella strada chiusa. Ne salta giù un ragazzetto dai capelli impomatati con in braccio il contenitore rosso delle consegne. "Pizza!"

"Sì. Eccomi." Channing prende i cinque cartoni e li posa sul pianale del furgone per estrarre il portafogli. "Ecco." Porge al corriere due banconote da cento dollari.

"Grazie mille!" Se ne va.

"Visto? Contanti." Sventola il portafogli. "Facile. È arrivata la cena!" Prende i cartoni e mi supera bello tranquillo per entrarmi in casa.

* * *

Channing

Sistemo le pizze sul tavolo della cucina e apro i cartoni per vedere cosa sono. Inspiro il profumino di salamino piccante e salsiccia, più che altro per sviare quello di lavanda e lillà che mi sta facendo andare fuori di testa. Ce l'ho così duro che riesco a malapena a stare in piedi. Mi sfogherei, ma è impossibile finché c'è Julia. Entrerà da un momento all'altro in cucina per dirmene altre quattro. Non che non me lo meriti. E potrebbe pure essere divertente.

La giornata è andata meglio di quanto immaginassi. Non posso vincere litigando con lei, quindi continuo a cambiare argomento per confonderla. Arrivo a cose fatte, invece di chiederle il permesso. Non si arrenderà mai. Devo per forza convincerla.

E non aiuta che ogni volta che apre bocca mi venga voglia di buttarmela sulla spalla come un cavernicolo, spalancare con un calcio la porta della camera da letto e farla mia. Se fosse al corrente delle fantasie vietate ai minori che mi passano per la testa, scapperebbe a gambe levate. E così non arriveremmo da nessuna parte.

Prima di tutto, cenetta in famiglia. Poi una chiacchierata con Geo. Sono qui per lui. Per aiutarlo. I graffi sul portone non sono mica uno scherzo. È rimasto bloccato in forma animale per un po', arrabbiato e spaventato, senza sapere come ritramutarsi? Come rientrare in casa sua?

Pensiero che è come una secchiata di acqua gelida sulla libido. Sono in missione, e devo comportarmi di conseguenza. Non sono venuto per riavvicinarmi a Julia e farle capire perché per tanti anni ho mantenuto le distanze.

E di sicuro non sono venuto per esaudire tutte le mie fantasie.

Sono anni che mi faccio seghe pensando a lei.

Triangoli, MILF sexy, porno – ho provato di tutto per farmela uscire di mente. Una volta ho abbandonato un'orgia per masturbarmi in bagno. Ho chiuso gli occhi e ho immaginato Julia. I suoi occhi scuri, le labbra carnose, l'ovale del viso. Vengo solo così.

Credevo che col tempo mi sarebbe passata. Che avrei trovato una compagna anch'io, invece di continuare a darmi a fantasie perverse sulla donna di mio fratello. Ma adesso che me la ritrovo davanti, mi rendo conto che non accadrà mai.

La versione in carne e ossa di Julia basta a portarmi in ginocchio.

Fati miei, devo tenermi sotto controllo. Peccato che il lupo prenda tutte queste discussioni come preliminari...

Il portone sbatte, e mi preparo.

Julia entra a grandi passi in cucina. Con due puntini brillanti spiegati sulla cima delle guance. Praticamente fuma come un toro. Che sexy, accidenti.

Mi giro per nascondere un sorrisone e l'erezione, e recupero i piatti dalla lavastoviglie. Si blocca a guardarmi come non mi riconoscesse. Apparecchio la tavola e continuo a sistemare la macchina, tenendola fra noi due, nel caso in cui mi aggredisse.

È ora di dare inizio alle manovre basilari di ogni battaglia: deviazione, distrazione, elusione del lupo presente nella stanza. "Ho preso cinque pizze. Spero che bastino."

Trasalisce. "Tu dici?" Sarcasmo. Carino.

"Una e mezza per Geo." Indico le pile. "Due per me. Tu ne mangi più di metà?"

"No." La sento digrignare i denti fin qui.

"Te l'ho presa con melanzane, parmigiano e basilico extra. È ancora la tua preferita?"

Batte le ciglia. L'ho di nuovo sconcertata tanto da lasciarla senza parole. E tutto per una semplice cortesia.

Da ragazzino ero uno stronzo. Mio fratello mi fece trasferire qui dopo aver scoperto che a scuola facevo schifo. Geoffrey era responsabile, un alfa naturale, perfetto fin dalla nascita. Io il contrario. Né cattivo né disastroso di proposito; solo un cazzone.

Julia è una brava ragazza. Sono sicuro che a Legge prendeva sempre il massimo dei voti. E senza mai fare tardi o darsi a troppe feste. Di sicuro niente gare automobilistiche; probabilmente non ha mai superato il limite di velocità in vita sua. Dubito abbia mai fatto il bagno al fiume sotto la luna piena. Il mio comportamento la faceva sempre inorridire.

"Se avanza qualcosa, possiamo farci colazione. Adoro la pizza fredda al mattino."

Le va di traverso la saliva. "Ma non... noi non..."

Ho la sensazione che la pizza fredda non sia una colazione appropriata, nel mondo di Julia. "O magari posso preparare delle uova," butto là. "Non sono granché come cuoco, ma fare delle uova di merda è proprio difficile."

"Occhio a come parli," ringhia.

"Scusa. Schifose? Cattive?" Cazzo, come si fa a parlare senza parolacce? Ancora tossisce. Apro un cassetto per prendere le posate. "Non hai cambiato niente in cucina," commento, prendendola di nuovo di sorpresa. "So dove sta tutto. Scusa se con la pizza ho esagerato. Intendevo dire che non devi sfamarmi. E poi posso dormire per terra. Ho tutto il necessario." Faccio scattare il mento verso il portone, al borsone di lana.

"Non... non puoi... non ti permetto di restare."

Ora di sfoderare l'artiglieria pesante. Vado alla rastrelliera dei vini e prendo un rosso. "Cabernet Sauvignon," leggo, probabilmente massacrando il francese. "Ti piace bere un bicchiere a cena, vero?" Faccio saltare il tappo di sughero e trovo un calice. Lo verso e avanzo per porgerglielo come offerta di pace. Vorrà anche picchiarmi, ma non rischierà certo di rovesciare il vino.

Spero.

Con un certo sforzo, lo prende e lo posa sul tavolo per

poi tornare a me. "Quale parte di *lasciaci stare* non capisci?" Parla con voce bassa e pericolosa.

Chiudo la lavastoviglie e vado al tavolo posando le mani sullo schienale della sedia. Ha gli stessi usurati mobili da pranzo di quercia comprati da Geoffrey a un mercatino quando traslocai qui. "Julia." Ho la voce bassa e paziente. "Devi accettare che resti per un po'. Aiuterò Geo..."

"No." Solleva una mano, ma proseguo, "...e ti sistemerò casa, o qualsiasi cosa tu abbia sulla lista di cose da fare. Sostituire le tegole, migliorare il sistema di sicurezza..."

"Non abbiamo sistemi di sicurezza."

È ora di sputare il rospo. "Sì invece. Lo installai quando portasti Geo a Disneyland."

Aggrotta le sopracciglia. "Ma fu anni fa."

"Già. Ero appena tornato da un viaggio. Volevo tenere d'occhio la casa."

"Mi stai dicendo che mi facesti installare delle telecamere in casa?"

Annuisco.

Le fumano le narici. Fosse un drago, sputerebbe fuoco. "Dove?"

"Dappertutto. Dovevo tenervi d'occhio mentre ero in missione. Prima pagavo un amico perché vi desse un'occhiata. Di tanto in tanto l'avrai visto. Uno grosso che guida una vecchia Charger."

Batte le palpebre. "La Charger verniciata malissimo che parcheggiava in fondo alla nostra strada? Con sul paraurti un adesivo che dice 'Che stranissimo viaggio'?"

"Esatto. È Buddy."

"Credevo fosse abbandonata. Continuavo a chiamare la contea perché la venissero a prendere. Ma ogni volta che venivano, era sparita."

"Sì, gli ha dato un sacco di fastidio. Gli piace dormire in auto."

"Quindi veniva per noi. E adesso pure le telecamere." Sventola una mano. "Qui dentro. Per osservarci."

Non la sta prendendo bene. Non capisce. "Promisi a Geoffrey di badare a voi. Non potevo mica farlo dall'altra parte del mondo!"

"Geoffrey..." borbotta con uno scossone della testa. "Ci spiavi?"

"Le cose non stanno così."

"Mi metti le telecamere in casa..."

"Per tenerti al sicuro, Julia. Non c'è nulla che non farei per tenerti al sicuro."

Julia

Non riesco a crederci. Se ne sta nella mia cucina a dirmi di averci tenuti sotto osservazione.

Per anni non si è neanche curato di farsi vedere. Però ci ha installato delle telecamere. Potrei attraversare la cucina per prendere il fucile che tengo sempre carico. Non spara pallottole d'argento, ma gli farebbe male lo stesso.

Non farei in tempo ad arrivare neanche alla porta, ma la tentazione è forte.

Sollevo una mano tremante e indico il portone. "Vattene."

"Julia, ascolt..."

"No, basta. Basta parlare. Devi andartene subito." Arriva addirittura a urlare.

"Mamma?" La voce di Geo si spezza a metà parola. È sulle scale, scalzo. "Che succede?"

"Geo." Abbasso la mano e placo il tono. "Va tutto bene."

Channing si volta e Geo gli scocca un'occhiataccia. "Che ci fa lui qui?" Ha uno strano luccichio negli occhi, e la voce suona innaturale. Come un ringhio.

"Tranquillo." Mi affretto ad aggirare il tavolo, ma Channing mi blocca la via allungano una mano.

"Julia, resta indietro."

Apro la bocca per rispondere, ma gli occhi di Geo lampeggiano e gli fumano le narici. Il lupo incombe appena sotto la superficie.

"Piano, Junior," fa Channing.

"Non chiamarmi così." La voce passa a un registro più profondo fino a farsi un basso ringhio.

Mi viene dappertutto la pelle d'oca. Che suono che esce dalle labbra del mio bambino... sembra un animale selvatico. Un lupo.

"Io e la mamma stavamo litigando," fa Channing con voce bassa e calma. "È arrabbiata con me; ne senti l'odore? Ho combinato una cazz... una cavolata, e la stiamo risolvendo. Ma va tutto bene." Fa un passo avanti per mettersi bello dritto fra me e Geo. "Stasera pizza, visto?"

Geo inclina il capo con un movimento fluido. Il suo corpo si curva in avanti, come per scendere a quattro zampe. Gli sfugge un lamento di gola.

"È così, Geo." Mi costringo a una voce piacevole, ma trema un pochino. Devo tenere sotto controllo le emozioni. Geo si aggrappa al corrimano con tanta forza da romperlo. Ma... gli sta crescendo del pelo attorno al polso? Inspiro a fatica. "Geo?"

Il corpo di mio figlio si raggomitola in avanti e rabbrividisce, come non avesse più il controllo della spina dorsale.

Non riesco a frenare il panico che mi sorge dentro. Faccio per avanzare, però mi fermo. Vorrei andare ad aiutarlo, ma non c'è nulla che possa fare.

"Geo," dice Channing con voce salda. "Andrà tutto bene. Al momento sei percorso da un sacco di energia. È l'istinto di proteggere la mamma. Fa affiorare il lupo. Viene in superficie in caso di pericolo. O quando ci si arrabbia. E, un giorno, quando troverai una compagna. Ma la mamma è al sicuro. Perciò placalo."

"Non... non ci riesco," rantola, ma le parole escono più come ringhi che come frase umana.

I denti si stanno facendo troppo grandi per la sua bocca.

Trasalisco e fa saettare lo sguardo a me, le pupille che si restringono e le iridi che luccicano. Spalanca la mascella e ringhia. M'irrigidisco, bloccandomi tutta perché percepisco la presenza di un predatore.

Channing va dietro di lui, spingendomi indietro. Poi avanza per impedirmi di vedere mio figlio.

"Ok, Geo. Allora devi solo tramutarti e sfogare tutta quest'energia." Geo per metà si lamenta e per metà ringhia – un verso da animale in trappola. "Geo," gli ordina con voce profonda e tuonante, ultraterrena. *"Tramutati."*

Il suo corpo va a terra. Non vedo cosa stia accadendo, ma i rumori – grugniti e ringhi, artigliate a terra – sono orribili. Mi faccio piccola piccola dietro a Channing, scavandogli nella maglietta aderente con le dita. Non so che altro fare a parte aggrapparmi a qualcosa.

"Ecco. Ce l'hai fatta." La voce risuona di sicurezza. "Bravo."

Sbircio oltre ai bicipiti di Channing.

Di fronte alle scale c'è un enorme lupo bianco. È grande quanto un pastore tedesco, ma con la testa ancora più grossa. È immenso, ma queste non sono neanche le dimensioni finali. Tra qualche anno sarà più grande di un lupo grigio.

Gli spettrali occhi verdi lampeggiano, e china il capo.

Sparpagliati a terra attorno a lui ci sono i brandelli della maglia e dei pantaloni della tuta. Almeno non calzava le scarpe.

Channing si avvicina lentamente. Trattengo il fiato quando tende la mano, ma il lupo non si accuccia, non salta, non ringhia né morde. Gli annusa i polpastrelli e vi strofina il naso, poi li lecca.

"Sì, mi conosci." Channing gira la testa per sorridermi, e la fossetta mi coglie alla sprovvista. "Mi riconosce dall'odore. Sa che siamo parenti."

Mi premo tutte e due le mani sulla faccia, come potessero contenere tutte le mie emozioni. Paura, shock, sollievo, euforia.

Channing si inginocchia per passargli la mano sui fianchi. "Bravo, Junior. Ti sei solo inceppato un attimo. La prossima volta sarà più facile, te lo prometto. Ci vuole solo pratica." Il lupo non solo gli permette di accarezzarlo, ma si sporge verso di lui, strusciandoglisi addosso e ficcando il naso dappertutto. Channing ride e torna a guardarmi. "È bianco, come Geoffrey."

Il lupo gli spinge il testone contro al volto per leccarlo. La profonda risata dello zio risuona per la stanza, riempiendone gli angoli vuoti. Aggiustando tutti gli errori.

"Dai. Vieni a conoscere la mamma."

Il cuore mi salta fuori dal petto, ma quando mi tende la mano, la prendo e gli permetto di posarmi il palmo sulla bianca pelliccia del lupo. È folta e forte, però più morbida di quanto mi aspettassi. Trattengo un singhiozzo.

"È bellissimo, vero?"

"Davvero bellissimo."

"Visto? Non c'è nulla di cui aver paura." Channing continua a parlare con la sua forte voce pacata. "Le emozioni forti possono portare alla tramutazione, e gli adolescenti hanno difficoltà a controllare le emozioni. Ma non temere: imparerai."

Il lupo piange.

"Ma no, sei stato bravo. Hai fatto ciò che dovevi. E adesso ci sono io. Ti aiuterò." Si alza per andare alla porta sul retro. "Adesso lascialo correre. Non gli serve altro. Da questa parte."

Il lupo lo segue, ticchettando con gli artigli sulle mattonelle della cucina.

Sono usciti. Me ne resto un momento qui, prima di indurre le gambe tremanti a seguirli.

Channing viene da me, alla porta. "Andiamo a fare una corsa," mi dice con un tono deciso che non accetta discussioni. "Deve abituarsi alla forma di lupo."

Annuisco. Ero contraria, ma adesso che ci siamo, che siamo nel momento, sono contentissima che sappia quello che fa. Che sappia cosa dire e come guidare Geo.

Il lupo bianco ha già per metà risalito la collina, e annusa tutto intorno a un albero. Aveva ragione Channing. Il lupo ha bisogno di uscire nella natura.

No, non il lupo. *Geo*. Da lupo è mio figlio tanto quanto lo è da umano.

"Nel furgone trovi un pacco di magliette e pantaloni. Li ho presi a poco." Mi supera per andare al cerchio di brandelli presso le scale con una smorfia. "La prossima volta sarà più facile. Diventa ogni volta più facile."

"Bene." Mi vacilla la voce.

"Ehi." Mi posa la mano sulla guancia. "Tutto bene?"

"Sì." Batto le ciglia per trattenere le lacrime, travolta da tanti sentimenti, ma finché Geo sta bene, sopravvivrò.

"Non c'è nulla di cui preoccuparsi. Non permetterò mai che gli accada qualcosa, Julia. Te lo giuro."

Capitolo Cinque

C hanning

Raggiungo a grandi passi Geo, che annusa la base di un pino sentendo l'odore di tutti gli animali che visitano il suo territorio. Si gira verso di me con la lingua a penzoloni.

"Va'." Gli do il permesso sventolando una mano. "È casa tua, e so che ti va."

Non perde tempo: alza la zampa e marchia l'albero.

"Bravo."

Finisce e trotterella al pino seguente.

Inspiro la notte, e la stretta al petto si allenta. Mi formicola ancora il naso dal panico di Julia. Ha fatto del suo meglio, ma aveva troppa paura per suo figlio.

Comunque la mutazione di Geo è andata meglio del previsto. Per qualche orribile secondo ero sicuro che Julia mi avrebbe superato e che Geo sarebbe balzato. Non ha aiutato che avessimo tutti i nervi a fior di pelle. Una parte di me vorrebbe tornare indietro a consolarla, ma la cosa migliore da fare è guidare Geo. Lei se la caverà.

Quando mi giro, mi aspetta nelle vicinanze col muso sollevato, in attesa.

"Arrivo," dico. "Adesso ci facciamo una bella corsa. E non temere: quando sarà ora ti darò l'ordine di ritramutarti, nessun problema."

Rimanere bloccati è il timore maggiore. È difficile lasciar venire il lupo, permettergli di prendersi il tuo corpo. Una parte di te teme di non riaverlo mai più. I nuovi lupi a volte hanno difficoltà a ritramutarsi.

Tutti gli alfa si concedono il tempo di guidare i cuccioli del branco. Quando è ora, possono usare la voce da alfa per ordinare la mutazione, se necessario.

Io non sono un alfa. Non ho mai guidato un branco. Ma quando Geo è stato in difficoltà, gli ho dato l'ordine. Sono riuscito a usare la voce da alfa. Non sapevo di poterlo fare.

Mi strappo via la maglia, comunque troppo stretta, e mi levo jeans e stivali. La questione fra boxer o mutande si risolve facilmente quando si è lupi mutanti. Meno vestiti si portano, meglio è. In missione indossiamo boxer composti da un materiale abbastanza flessibile da restarci addosso durante la mutazione, così da non rimanere col pisello al vento quando ci ritramutiamo. È stato sviluppato dall'esercito quando eravamo nella squadra di operativi mutanti. Mi sa che il governo ha ritenuto inopportuno piazzare soldati nudi sul campo.

Faccio un bel respiro e convoco il lupo. Il cambiamento mi avvolge. Il mondo si contorce, rabbrividendo come stesse cambiando tutto ciò che mi circonda invece della mia prospettiva. Un formicolio mi sale su per la spina dorsale.

Tramutarsi non dovrebbe arrecare dolore. A volte provo una breve sensazione, come avessi sbattuto il nervo ulnare. Se sono in missione e mi sono beccato una pallottola è un'altra storia, ma tramutarsi può far guarire le ferite più velocemente. O lentamente, a seconda della gravità.

Le prime volte era doloroso perché mi ribellavo. M'insegnò mio fratello a rilassarmi. Tramutarsi dovrebbe essere facile come starnutire. Un attimo sei umano e quello dopo lupo.

Lo dirò a Geo quando saremo in forma umana, ma adesso è il momento di correre.

Geo si trattiene, mi dà il tempo di scrollarmi di dosso i formicolii della mutazione. Avanzo per strofinare il corpo contro al suo. Lui barcolla un pochino, poi mi si spinge addosso. I lupi sono affettuosi, abbiamo bisogno di contatto. Geo deve imparare ad abituarsi a stare nella sua pelliccia.

Quando ci siamo salutati, punto il naso su per la collina e partiamo di corsa. Mi segue, e insieme saliamo il pendio.

Dietro di noi la casa luccica alla luce della finestra della cucina. C'è un'ombra scura che ci guarda. Julia.

Uno scoiattolo schizza davanti a noi in un lampo di coda per poi sparire oltre il crinale. Percepisco la voglia di Geo di rincorrerlo, ma non lo fa. Aspetta, seguendo me. Abbaio per dargli il permesso, e con un guaito parte alla caccia.

Gli trotterello dietro. Correremo per qualche miglio cacciando tutti gli scoiattoli che vuole. Gli mostrerò i confini del suo territorio, agli alberi marchiati da suo padre molto tempo fa. Li marcheremo di nuovo e troveremo la collina più grande che dà su tutto il terreno. Gli insegnerò a ululare.

La casa dietro di noi è sparita. Sguinzaglio i muscoli e corro dietro a Geo, arrendendomi alla velocità, alla forza e alla bellezza di essere lupo.

Quando arriviamo sulla cima, abbaio e Geo si ferma, voltandosi poi in attesa di ordini. Torno umano.

"Adesso tocca a te."

Si accuccia, abbassando il muso come dalla concentrazione, ma non succede niente. Aspetto. Devo dargli il tempo di capirlo da solo. Si lagna un po'.

"Ritramutati," gli dico. "Ricorda la sensazione che si ha da umani e sposta fin là la tua coscienza."

Altre lagne. L'aria attorno a lui vacilla quando comincia il cambiamento, poi però si blocca tutto di nuovo.

"Puoi farcela. Se serve ti aiuto io, ma voglio che ci provi da solo. Non devi far altro che spostare la coscienza alla forma umana. Immaginati in forma umana."

Altri sfarfallii, ma ancora nessuna mutazione.

"Non fa niente. Ci vuole un po' per prenderci la mano." Cerco di ricordare come imparai io. Cosa mi aiutò. "È come... segnare nella mente l'energia tipica di ciascuna forma. Perciò adesso sei concentrato su come ci si sente da lupo. E *ora tramutati*." Uso di nuovo il comando alfa. La mutazione s'innesca, ed eccolo accucciato a terra in forma di giovane umano. "Ecco. Bravo."

Si raddrizza per guardarmi, incerto. Non è abituato a ritrovarsi nudo davanti ad altri, come invece siamo noi cresciuti in branco.

"Adesso segnati nella mente come ci si sente in questo corpo."

Non so proprio se mi capisce. È difficile dirlo a parole. È pura sensazione.

"Ricordi come ci si sente da lupo?"

Geo mi fa un unico cenno solenne del capo.

Sorrido. "Bene. Adesso ritramutati." Non uso il comando alfa. Lascio che faccia da solo.

S'irrigidisce, ammorbidisce le ginocchia come un combattente di arti marziali. Chiude gli occhi e un'intensa concentrazione gli aggrotta i lineamenti del volto. Un ringhio da lupo gli sale dalla gola, ma ne resta sorpreso e arretra, spalancando gli occhi e cercando i miei.

Sorrido. "Stai andando bene, Geo. Riprova."

Scuote testa e spalle, come un pugile sul punto di salire sul ring.

"Ricorda come ci si sente da lupo e incanala lì tutta la tua coscienza. Devi lasciare questa. I pensieri umani. Trova l'istinto del lupo."

L'aria attorno al ragazzino vibra. Sento scricchiolio di giunture, un lamento e poi un ringhio, e rieccolo lupo.

Lo premio scendendo in forma di lupo e partendo di corsa, sfidandolo a starmi al passo.

Julia

Dopo quelle che sembrano ore, negli alberi si muove qualcosa.

Ho smesso di camminare avanti e indietro per darmi alle pulizie. Ho passato frigo, forno e microonde. Ho riorganizzato le lattine della dispensa. La cucina non era mai stata così linda.

Sto grattando la caffettiera, poi il lampo di un movimento scende giù dalla collina.

Quando se ne sono andati, sono rimasta impalata al lavandino a fissare il patio. Lampi di bianco si muovono fra i pini. Riconoscere i due lupi è stato facile – uno è grosso, ma l'altro è un mostro. L'animale di Channing potrebbe quasi arrivarmi alle spalle. Non certo un cucciolotto che si avrebbe piacere d'incontrare durante un'escursione.

Sapevo che Geo poteva trasformarsi in lupo, anche se essendo di sangue misto non era sicuro. Cercavo d'immaginarlo ripercorrendo varie situazioni. Sono una maniaca del controllo. Mi piace programmare. Ma le contorsioni, il dolore... il ringhio che è esploso dalla bocca del mio bambino... mi hanno fatta raggelare. Ho dimenticato di colpo tutti i consigli dei libri sulla psicologia adolescenziale.

Channing ha saputo cosa fare. Quando gli ha dato l'ordine con quella strana voce tuonante, Geo ha ubbidito.

Mi ritrovo in un mondo tutto nuovo che non segue nessuna delle mie regole. Devo ripigliarmi.

Me ne sono rimasta impalata un po' dopo che se ne sono andati, con le braccia conserte, a lasciare che le conseguenze dell'adrenalina mi rabbrividissero dentro.

Poi ho eseguito gli ordini. Sono andata al furgone a prendere i vestiti. Ce n'erano quattro sporte dietro ai sedili anteriori. Channing dev'essersi comprato tutto il negozio. Ne ho lasciata una perché potrebbe averne bisogno. Adesso si spiegano gli abiti strambi con cui si è presentato stamattina. Dev'essersi tramutato senza il cambio adatto.

E io l'ho pure giudicato. L'ho preso per il solito irresponsabile e ho presunto il peggio. E lui me l'ha lasciato fare.

Poso un paio di capi sul tavolo da picnic, come facevo per Geoffrey. Lui scherzava sempre dicendo che non gli importava di andarsene in giro nudo. Certe notti, quelle in cui Geo dormiva e Channing era fuori, ignorava la pila di vestiti per venire da me.

Non ci ripensavo da anni. La vita procede anche quando si è bloccati nel dolore. È una benedizione e una maledizione al contempo. I ricordi di mio marito non bruciano più come una volta. Rammento i momenti belli, le risate, senza la sofferenza lancinante. È una sensazione agrodolce.

Se stai leggendo queste righe, mi è accaduto qualcosa. Speravo che questo giorno non dovesse mai venire, ma invece è arrivato.

Lessi la lettera a notte fonda. Dopo aver messo a letto Geo, alle tre del mattino, ancora confusa sulla ragione per cui il padre non poteva venire a rimboccargli le coperte.

Per te ci sarà Channing.

Ormai Channing se n'era andato da un pezzo.

E adesso è tornato, ed è una persona diversa.

Somiglia di più a Geoffrey. Pensiero che mi accende dentro un desiderio tanto profondo da sconvolgermi tutta. Voglio lasciarlo entrare. Permettergli di rimanere. Concedergli di occupare il posto di Geoffrey. Ma no. Channing non è Geoffrey. E non è qui per me. È qui per Geo.

Immaginare qualcosa di... *romantico*... con lui è assurdo. Sbagliato. Dovrei sentirmi sua sorella maggiore. Persino non fosse il fratello di Geoffrey, sarebbe troppo giovane per me. Inoltre lavora in un settore altamente rischioso. Pericolosissimo. E io ne ho abbastanza dei pericoli.

Non m'innamorerò di nuovo di un soldato. La prima volta è finita troppo male.

Raccolgo il calice di vino, quello riempitomi da Channing, e bevo un bel sorso. Non sono riuscita a sedermi a cenare mentre non c'erano; avevo lo stomaco rovesciato. Adesso però finalmente sono tornati.

Dagli alberi emergono i due lupi, che vengono a grandi passi alla casa. Si fermano prima del piato, al di fuori del cerchio dei fari. I segni marroni li portano a confondersi con lo sfondo, ma strizzando forte gli occhi li vedo. Il più piccolo leva il capo per strofinare la guancia su quello più grosso. Un gesto tanto dolce che mi fa quasi cadere in ginocchio.

Per certi versi mi offende che Channing sia stato in grado di conquistare l'affetto e la fiducia di Geo in pochissime ore dopo averlo abbandonato per tanto tempo. Ma ciò non cambia la gratitudine che provo per lui adesso.

Perché *è* venuto. Perché c'è per Geo quando ne ha più bisogno.

Resisto alla voglia di correre fuori, interrompere il momento. I loro gesti sono graziosi, una meraviglia.

Il più grosso – Channing – aspetta e arretra di qualche passo per piazzarsi davanti al lupo più piccolo. Come un insegnante col pupillo. Adesso che sono immobili, scorgo sottili differenze nelle striature.

L'animale più grosso solleva il capo e si eleva sulle zampe posteriori, tramutandosi poi miracolosamente in essere umano. La pelliccia scompare, la testa e la mascella acquisiscono nuove forme. Accade in un istante, ma abbastanza lentamente perché veda l'esatto momento in cui il lupo diviene uomo, in cui diventa Channing.

Channing: enorme e nudissimo. Si staglia al di fuori della pozza di luce, ma le solide scanalature dei muscoli sono inequivocabili. Gli obliqui affusolati sotto alle braccia grosse, le cosce gigantesche e potenti.

Si volta verso la casa e mette piede nella luce. Annidato nella curata peluria bionda c'è un pisello spaventosamente grande. Mi viene un forte crampo al centro del corpo. Non dovrei fare pensieri del genere su di lui. Non dovrei essere attratta dal fratello minore del mio defunto marito. Dovrei riservargli... pensieri fraterni.

Davanti a me, qualcosa va in frantumi. Il calice mi è scivolato dalle dita fiacche per infrangersi nel lavandino.

"Cavolo." Mi chino e taglio il dito.

La porta della cucina si spalanca.

"Tutto bene?" Sulla soglia c'è Channing, completamente nudo. La calda luce gli indora la forte ampiezza delle spalle, mettendo in risalto le creste e i contorni del petto.

"Sì," sbotto agguantando un canovaccio. "Mi è caduto il bicchiere di vino."

Mi guarda preoccupato. La pelle nuda luccica per un velo di sudore. Le cosce sono enormi e potenti. La cintura di Adone segna una V che conduce proprio al...

Mi costringo a riportare gli occhi sul suo viso. "Com'è andata?" Sono senza fiato.

"Bene." Si rilassa. "Benissimo, anzi." Non gliene frega niente di essere come mamma l'ha fatto, del gigantesco pisello che oscilla alla brezza. I mutanti non si preoccupano della nudità quanto gli umani.

Sollevo il canovaccio per creare uno schermo fra il suo corpo, meraviglioso come quello di un dio, e il mio avido sguardo. "Ti ho lasciato i vestiti sul tavolo da picnic. Ti spiace vestirti?"

"Ah, sì, certo." Si gira, dandomi le chiappe.

E che chiappe! I lisci muscoli della schiena portano a due definite fossette sopra al regolare gonfiore del culo.

Mi sfugge dalla gola un verso strozzato.

Channing si blocca per girare la testa. "Sicura di star bene?"

Sventolo il canovaccio, incapace di parlare. Esce di casa, e io contemplo il disastro che ho combinato. Sono arrossata in petto, ho la pelle fastidiosamente bollente.

Mio figlio si precipita dentro portandosi dietro una piacevole folata di aria fresca.

"Mamma!" Ha il fiatone. "Mi sono tramutato." Ha gli occhi luccicanti ed è tutto rosso per la corsa. Il profumo di pino e della notte gli si è avvinghiato ai capelli. Indossa la normale maglietta a mezze maniche e i pantaloni della tuta che gli ho preparato io. La maglia gli sta, ma i pantaloni sono troppo larghi.

"Ho visto, ho visto."

"È stato fantastico." Entra a grandi passi nella stanza, più uomo e molto più lontano dal ragazzino che ho cresciuto. Ma com'è possibile? "Sono fortissimo da lupo. E velocissimo. Ci siamo allontanati molto, fino alla cima, e abbiamo fatto il giro dall'altra parte. Lo zio Channing mi ha portato a vedere il panorama dall'alto. E mi sono allenato a tramutarmi. Ho imparato a segnare le due forme."

"Che bello, *mijo*." Il sollievo è tanto forte da spaccarmi.

Alle sue spalle, entra Channing. Porta la solita maglia troppo stretta, tirata sull'ampio petto, e i jeans. È una meraviglia.

"Usciamo anche domani," fa Geo. "E lo zio dice che questo fine settimana possiamo stare fuori anche di più."

"Ah, ha detto così, eh?" Lo guardo strizzando gli occhi, pur poco sorpresa che pianifichino altre uscite. Channing mi rivolge il suo solito sorriso pigro e sbilenco. Le fossette mi fanno l'occhiolino.

E le ovaie non stanno macinando ovuli come se piovesse. Figuriamoci.

"Possiamo, mamma? Siamo stati attenti. Lo zio mi insegnerà a tramutarmi in sicurezza e a essere responsabile."

"Ma certo." Gli tocco i capelli. Gli arruffavo sempre i setosi capelli neri, ma da quando è diventato più alto di me ho smesso. Per il momento però l'adolescente freddo è svanito, sostituito da un ragazzino entusiasta. "Lo zio sa il fatto suo."

"Finalmente lo ammette." Channing fa l'occhiolino.

"Grazie." Geo mi abbraccia tanto forte da farmi uscire l'aria dai polmoni. Mi solleva in aria, e mi scappa un lamento.

"Piano, Junior," lo ammonisce Channing. "Sei più forte di quello che credi."

"Oh, scusa." Mi rimette giù. "Posso mangiare la pizza adesso? Lo zio non mi ha lasciato uccidere lo scoiattolo. Muoio di fame."

"Mangia pure," faccio io, e si tuffa a tavola. Dovrei prima fargli lavare le mani?

Troppo tardi: ha alzato il coperchio di un cartone e si è infilato tre tranci in bocca tutti insieme.

Mi volto, prima di assillarlo perché mastichi.

"Grazie," dico a Channing. Sul serio. "Di tutto."

Accetta il ringraziamento con un inchino del capo e si avvicina, entrando nel mio spazio. "Tu hai già cenato?"

Scuoto il capo.

Gli fumano le narici, e mi strappa il canovaccio per prendermi la mano. "Ti sei tagliata bene."

"Ero distratta."

Lascia scendere la testa verso la mia, e m'inonda una zaffata del suo speziato profumo selvatico. Mi ritrovo mio malgrado a sporgermi verso di lui, ancora bramosa.

Solleva il capo, e i suoi occhi verdi catturano i miei. Mi si mozza il fiato in gola. Il cuore martella. Un'ondata di calore mi percorre. *Non sono attratta dal fratello minore di Geoffrey. Neanche per idea. A lui riservo solo pensierini fraterni.*

"Siediti." Mi spinge verso il tavolo. "Prendo qualcosa per pulire."

"Il kit di primo soccorso è..."

"Sullo scaffale più alto del bagno. Me lo ricordo." Un lampo delle fossette e sparisce.

Sprofondo sulla sedia. Ho le guance accaldate. Un'altra vampata? O è il vino?

Dev'essere il vino per forza. Mi sta facendo effetto. Non ho finito il bicchiere, ma ho bevuto a stomaco vuoto. Ecco perché sono tutta un rimestio di viscere.

Non può esserci altra ragione.

Geo si è già spazzolato una pizza intera e sta divorando le alette piccanti. Ricordo che Geoffrey mangiava così dopo una lunga corsa. Tramutarsi fa bruciare un sacco di calorie.

Spingo verso di lui un altro cartone. "Mangia, *mijo*." Mi rivolge uno sguardo grato e si ficca tre tranci in bocca.

Channing torna e si inginocchia davanti a me. È tanto grosso che la cucina attorno a lui rimpicciolisce, ma le mani che usa su di me sono delicate. Mi controlla il dito in cerca di schegge di vetro. Quando è soddisfatto, lo benda con movimenti abili. A ogni tocco mi sale un brivido su per le braccia.

Ritrovo la voce. "Non è la prima volta che lo fai."

"L'ho già fatto una o due volte."

"Ai mutanti non servono bende." Hanno poteri guaritori che sistemano tutto eccetto la decapitazione. *O l'esplosione di una bomba artigianale.*

È solenne, come riuscisse a seguire i miei pensieri. "Lo facciamo per mescolarci." Mescolarci agli umani, intende. "E mi è capitato di combattere accanto a umani."

Lascio ricadere gli occhi sulla benda. "Grazie."

"Figurati," mormora, prendendomi la mano e girandola. Mi corrono brividi ovunque mi tocchi.

Lascio crollare la testa per mandare giù l'aria. Channing si scosta, svuotando il mio spazio, ma ne percepisco la presenza addosso come un peso delizioso. Non ero mai stata così consapevole della presenza altrui in vita mia.

Dopo aver raccolto i vetri, striscia la sedia sulle mattonelle della cucina per sedersi.

"Attento, zio Channing," fa Geo. "Quella gamba del tavolo è instabile."

"Ah. Ricordo che tuo padre la sistemò il giorno dell'acquisto. Aggiustiamola domani. Aspetto che tu sia tornato da scuola, così mi dai una mano."

"Davvero?"

"Sì."

Prendo un trancio di pizza e lo mordicchio, tenendo gli occhi sul piatto e cercando di controllare il battito cardiaco.

"Esci a correre da lupo ogni notte?" domanda Geo.

Scuote il capo. "No. Non ogni notte. Ma sicuramente ogni luna piena. E quando devo sfogarmi. Probabilmente dovrai farlo parecchio, visto che sei così giovane. Hai gli ormoni impazziti, e per noi sono molto più forti di quelli umani. A scuola sarai attratto dalle ragazze, e ti verrà quasi da tramutarti al banco."

"Channing!" Non riesco a non lasciar trasudare lo shock dalla voce. Non voglio mica che gli dia consigli sul sesso! Ricordo che puttaniere era quando viveva qui.

"Che c'è?" Mi rivolge di nuovo quel sorrisino pigro. "È vero. Meglio avvisarlo adesso che fargli perdere il controllo davanti a esseri umani." Si rivolge a Geo. "Ti è chiaro che non potrai mai e poi mai parlarne con nessun essere umano? Nemmeno col tuo migliore amico. Nemmeno con la tua ragazza, se ce l'hai. Con nessuno. Non puoi tramutarti durante una rissa a scuola. Non puoi usare la forza sovrumana nelle competizioni sportive. Devi nascondere ciò che sei. Questa è la cosa più importante che devo insegnarti."

"Ma perché? Per non spaventare gli umani?"

"Sì. Ma..." Fa passare lo sguardo a me, e capisco che non vuole che senta il seguito. "Esistono esseri umani che sanno della nostra esistenza e..." – altra occhiatina preoccupata a me – "altri che ci danno la caccia."

Sono sicura di essere impallidita, perché in viso mi faccio fredda come il ghiaccio.

Channing si allunga per coprirmi la mano. "A Geo non accadrà nulla. Te lo prometto. La mia squadra è la migliore del mondo. In caso di pericolo, ne verrò a conoscenza e saprò evitarglielo."

Inspiro forte. Ecco il perché del sistema di sicurezza. Logico. Resta però poco logico perché ce l'abbia nascosto. Perché abbia aspettato che fossimo a Disneyland per venire a installarlo. Perché ci abbia sempre osservati senza mai fermarsi da noi. Senza mai farsi sentire.

Non capisco.

Mi sto rendendo conto che in Channing c'è molto più di ciò che credevo, ma non so bene cosa. L'avevo bollato come un ragazzino irresponsabile, incauto ed egoista. O a volte, quando gli davo maggiore credito, pensavo gli fosse troppo doloroso stare con me e Geo. Che non volesse affrontare il dolore per il fratello.

Forse era così, ma non torna comunque. Proteggerci non significa comunque affrontare la morte del fratello?

Channing e Geo continuano a chiacchierare, rivivendo la corsa. Dopo abbastanza pizza da scoppiare, si alzano per sparecchiare. Si sistemano al lavandino per pulire e lavare i piatti. Uno basso e uno alto. Uno dai capelli scuri e uno biondo. Come facevano Geoffrey e Channing.

Il ricordo mi lacera dentro, ma invece che sofferenza è una fitta nostalgica accompagnata da un certo appagamento. La scena sembra normale, giusta. Channing è perfetto nel posto lasciato vuoto dal fratello.

All'inizio, dopo la morte di Geoffrey, immaginavo questo momento. Il momento in cui Channing sarebbe tornato a fare lo zio. Un altro adulto cui affidarmi. Un mutante. Un legame con Geoffrey. Ma Channing non tornava mai.

Faccio per riaggrapparmi al vecchio risentimento indurito, ma scivola via. Non rovinerò la pace di questo istante. Geo ne ha bisogno.

"Ok, Junior." Gli dà una pacca sulla spalla. "È ora di

andare a letto. La scuola comincia presto, e devi riposare per uscire a correre domani sera."

Senza protestare, senza trascinare i piedi, annuisce e si volta per ubbidire. "'Notte, mamma." Si china per abbracciarmi.

"Buonanotte, tesoro."

"Scusa per... be', hai capito." Ha la voce appena mozzata, e so che sta rivivendo i tesi momenti precedenti alla mutazione.

Lo stringo forte. "Non fa niente. Non hai sbagliato nulla. Mi hai solo colta di sorpresa."

Arretra per scostarsi i capelli dagli occhi e guardarmi. Sembra insicuro. "La prossima volta andrà meglio." Aleggia una domanda nella sua voce; una domanda cui non so rispondere.

Dietro di lui, Channing annuisce. "Senza dubbio," conferma, e Geo si rilassa tutto.

"Ti voglio bene," dico a mio figlio, che mormora, "Anch'io," prima di mollarmi per sparire su per le scale.

Lasciandomi con Channing. Sola.

L'aria vibra fra noi, facendosi solida. Gli occhi gli brillano alla luce fioca.

Potrei chiudere i miei, ma lui rimarrebbe ad aspettarmi nella mia mente. Più di un metro e ottanta di sodo corpo dorato. L'immagine di lui nudo mi si è cementata nel cervello. Ho visto mio cognato nudo e, ancora peggio, senza provare alcun desiderio di distogliere lo sguardo.

Come non ho alcuna intenzione di distogliere lo sguardo adesso. Il mondo si è ristretto fino a contemplare solo ed esclusivamente i suoi acuti occhi verdi.

"Rilassati, Jewels. Se la caverà. Te lo prometto." Riecco la voce serena e prepotente.

Lascio oscillare il capo per inspirare profondamente.

Le carezze del suo sguardo sul mio volto non sono fraterne. Sono intime. Affettuose.

"Cos'hai fatto con Geo..."

Si porta un dito alle labbra e indica la cima delle scale. Giusto. L'udito mutante.

Mi prende per mano per trascinarmi in piedi. Il cuore mi balza in petto, ma gli concedo di condurmi fuori, sul patio.

"Qui possiamo parlare." Si volta. La sua mano avvolge la mia. La sua pelle è calda al tocco. I mutanti lo soffrono di più rispetto agli umani, se ricordo bene.

Io, senza alcuna ragione, rabbrividisco.

Channing si acciglia. "Hai freddo?"

"No, si sta bene." Sono ancora agitatissima. Sbroglio la mano da quella di Channing per sprofondare sull'Adirondack. Lui resta in piedi a guardarmi dall'alto tutto aggrottato. "Che c'è?" domando, poco abituata a vederlo con quest'espressione.

"Devo smerigliare le sedie," borbotta con uno scossone della testa, come per scacciare il pensiero. Entra in una modalità che non avevo mai visto, decisa e seria. "Stasera è andato tutto bene," fa, come fosse il rapporto all'ufficiale in comando. Si comporta così in missione? Il battito cardiaco accelera. Adoro questo suo lato. "Geo è stato bravo; mi ha seguito. C'è stato un momento di panico alla fine; temeva di non riuscire a ritramutarsi, ma l'ho convinto io."

"Grazie." Non riuscirò mai a dirglielo abbastanza volte.

"Figurati." Affonda sulle anche. Io sono seduta e lui accucciato e comunque arriva alla mia altezza, riesce a guardarmi negli occhi. "Scusami se non sono mai venuto prima, ma adesso sono qui. E resterò finché avrà bisogno di me."

"Grazie. Ne sono contenta. Sì, insomma, per Geo."

"Per Geo." La voce gli si fa più profonda.

Il suo sguardo ricade sulle mie labbra. Il tempo rallenta, si ferma. Mi formicolano le labbra e me le lecco. Ma quand'è stato che il mondo si è messo a girare più lentamente?

"Julia..." Mi sta tanto vicino da accarezzarmi il volto col fiato.

Serro le gambe, neanche fosse possibile strizzar via le pulsazioni che aumentano nel centro del mio corpo.

È una fresca serata di settembre e sto andando in ebollizione.

Non è il vino. Non sono il caldo né le vampate. È la libido, che torna in vita con un bel ruggito.

Credevo di non avere più alcun impulso sessuale. Certo, ho un vibratore e mi concedo un orgasmo una o due volte alla settimana, come un orologio. Ma fare pensieri perversi su un tipetto sexy... be', erano anni che non mi capitava. E poi lui è decisamente troppo giovane per me.

Devo ripigliarmi. Non è il momento di risvegliare la mia arida vagina tutta ragnatele. Uno dei due dovrà pur fare l'adulto!

Mi appoggio allo schienale della sedia, ed ecco infranto l'incantesimo.

"Per Geo," ripeto, e qualcosa nel suo volto si chiude. Sembra più vecchio, più severo per certi versi.

Si alza. "Vado a prendere la roba. Dormirò per terra."

"Puoi stare sul divano."

"Ma no. È troppo piccolo. Non ci sto mica."

"Non sei così grosso, dai..."

Le guance s'incurvano. "Ti assicuro di sì."

Oddio.

Ma perché mi si inturgidiscono i capezzoli adesso? Mi alzo. "Fammi sapere se ti serve qualcosa." Solleva un sopracciglio, allora sgrano gli occhi. "Cuscini, intendevo. Uno spazzolino."

"Capito." La voce è tornata neutra.

Mi viene una voglia matta di tendere la mano per stringergliela. Di mettere un po' di distanza fra noi. Invece gli do la buonanotte e mi allontano su gambe tremanti, preda del desiderio che il cuore torni a battere normalmente.

* * *

Channing

Aspetto che sia al sicuro in camera sua. Poi faccio i giri: chiudo la casa, controllo catenacci e sistema di sicurezza, mi accerto che il posto sia sicuro. Di solito attivo il sistema da remoto, una volta che le telecamere mi hanno detto che Geo e Julia si sono coricati. Non l'avevo mai fatto di persona.

Srotolo il sacco a pelo sul pavimento del suo ufficio. Chissà perché voglio torturarmi tanto; ma ho bisogno di farmi avviluppare dal suo profumo. Ce l'ho così duro da star male, ma accolgo la sofferenza volentieri. È una punizione adeguata.

Stasera, durante la chiacchierata sul patio, l'ho quasi baciata. Sono qui da meno di ventiquattr'ore fa e ho già quasi mandato tutto a puttane.

Speravo che la rabbia e il disprezzo che cova nei miei confronti scavassero un fossato fra noi. Bramo il suo perdono, ma non lo merito. M'immaginavo che il disgusto e la mancanza di fiducia mi avrebbero aiutato a mantenere le distanze. Così come l'odore di mio fratello su di lei, e l'anello al dito.

Invece stasera, quando mi ha guardato, ho visto altro al posto di rabbia e dolore.

Attrazione.

Desiderio.

Li prova anche lei.

Ma non posso accennarvi. Sarebbe da stronzi, no? "Ah, quell'odorino mi dice che sei eccitata."

Non posso fare questo a Julia. A mio fratello. Conoscendomi però è solo questione di tempo perché combini l'ennesima cazzata.

Resterò fedele alla missione. Insegnare a Geo a fare il lupo e l'uomo. Non mi farò perdonare tutti gli anni persi, ma è sempre meglio di niente.

Quando Geo sarà a posto, sparirò. Di nuovo. Ci sarà da star male, ma ci sono già passati.

Farò ciò che sono venuto a fare e poi leverò le tende prima di mandare a puttane questa famiglia più di quanto abbia già fatto.

Capitolo Sei

*J*ulia

Provo dolore fra le gambe. Mi rigiro, intrappolata nelle lenzuola.

Una voce profonda mormora, "Julia."

Channing.

Mi giro verso di lui. È senza maglia sotto alla luce della luna perché... be', perché sì. È nudo? Non si capisce.

Allungo le braccia sopra alla testa, lasciando ricadere una cascata di capelli sul cuscino. Indosso la camicia da notte sexy, scollata e col pizzo sul solco fra i seni. "Ti aspettavo."

Al buio, i suoi occhi sono verdi bagliori. Mi mette una mano sulla gamba e, lenta e inesorabile, la fa salire.

Mi lecco le labbra e spalanco le gambe.

"Julia." Mi strappa via le lenzuola per coprirmi col suo corpo sodo.

Sollevo il capo per andare incontro al suo. Le sue labbra trovano le mie. Sono decise, eppure delicate. Un ringhio gli sorge in gola. Mi prende in mano i capelli per controllare il bacio. Nel centro del corpo mi sboccia calore, e trasalisco.

Mi tira fra le sue braccia e mi siede sul suo grembo. Con le mani mi agguanta il culo per trascinarmi contro di sé. Inclino i fianchi in avanti, strusciandomi su e giù. È nudo, e io fradicia. Mi penetrerà da un momento all'altro...

Un uccellino strilla fuori dalla finestra e mi sveglio di soprassalto. Sono tutta umida fra le cosce, e ho i seni gonfi e pesanti.

Non c'è buio, non c'è Channing. Sono sola. Era un sogno, ma sembrava verissimo.

Batto gli occhi alla luce solare che inonda la camera. È molto più luminosa di quanto dovrebbe essere alle sei del mattino.

Scatto a sedere. Ma che ore sono?

La sveglia dice le nove e tredici. Non mi sono svegliata.

Il pavimento del corridoio scricchiola, e la porta della camera si apre pianino.

"Ah, sei sveglia." Channing si appoggia allo stipite col cesto della biancheria posato contro all'altro fianco. "Hai del bucato da fare? Lo faccio adesso. Geo mi ha mostrato come funziona la lavatrice."

Bucato? Lavatrice? "Cosa?"

Una fossetta fa capolino sulla guancia. "Niente. Aspetta qui; torno subito."

Sparisce. Scaccio il sonno dagli occhi con un massaggio e mi tocco orripilata la testa. I capelli sono un assurdo groviglio di energia statica. Porto la scollata camicia da notte del sogno. Ho i capezzoli sporgenti. Agguanto il piumino per rimboccarmelo fin sotto al mento.

I passi annunciano il suo ritorno. Deve aver calpestato i punti cigolanti del parquet di proposito. Quando vuole sa scivolare furtivo come un gatto – anche se lo paragonerei a un felino solo ed esclusivamente per farlo arrabbiare.

Sfreccia in camera decisamente troppo allegro per il

primo mattino. "Tieni." Mi porge una tazza, e il delizioso profumino di caffè mi inonda il viso.

"Grazie," borbotto. "Ho dormito troppo. La sveglia..."

"L'ho spenta io." Mi stira le lenzuola con una mano tenendo un trancio di pizza fredda con l'altra.

"Cosa?"

"Avevi bisogno di dormire." Dà un morso.

"Non ci credo..." Scivolo giù dal letto dimenticandomi di come sono vestita. "Sono in ritardo al lavoro."

"Fai gli orari che vuoi, no?"

"Non posso... non puoi... non..."

"Rilassati," mi placa. "Ho accompagnato Geo a scuola. Non in moto, tranquilla. Stamattina non aveva voglia di prendere l'autobus, quindi ce l'ho portato col furgone. Mi stupisce che il motore non ti abbia svegliata. Avevi proprio bisogno di dormire, eh?"

Sono una che sa parlare. Mi esprimo con razionalità, espongo argomentazioni. Ma quando apro bocca, non ne esce nulla.

"Bevi il caffè," m'imbecca con la mano della pizza, e automaticamente infilo il naso nella tazza. Il profumo contribuisce a svegliarmi. "Brava." Solleva di scatto il lato destro della bocca. E la fossetta...

Oddio. Non riesco a credere che mi abbia detto *brava*. Anzi, peggio: non riesco a credere alla reazione che ho a questa parola.

Va bello tranquillo all'armadio per recuperare il cesto della biancheria. Canticchia qualcosa – sembra il nuovo singolo di Taylor Swift.

Vede che lo fisso e mi fa il saluto militare con la pizza in mano. "Pizza a colazione: il meglio del meglio." Esce prima che decida come ammazzarlo.

Arrivo alla scrivania in tempo per la prima riunione con

Van den Berg. Visto che ho avuto solo pochi minuti per vestirmi e domare i capelli, non sono riuscita a rintracciare Channing per ucciderlo. Ma ne ho tutte le intenzioni. Grazie al cielo ho automatizzato i commenti per la riunione ieri sera, prima di permettergli di entrare in casa e farmi perdere ogni briciolo di autocontrollo.

Ha intenzione di infiltrarsi in ogni centimetro di casa mia? Della mia vita? Già è tremendo che ci faccia sogni erotici. Ogni volta che chiudo gli occhi lo rivedo nudo.

E da quando poi fa il bucato?

L'ufficio profuma di lui. Ma è entrato qui?

Mi giro verso il computer e cerco di darmi un'aria professionale per la telecamera.

"Buongiorno," mi saluta Van den Berg. "Ho accettato tutti i cambiamenti. Dovrebbe trovare il contratto nella casella di posta."

"Grazie." Un forte tonfo soffoca la mia parola. Mi stanno martellando sul tetto. Sollevo un dito. "Scusi un attimo."

Spengo il microfono e vado alla finestra, sparendo dalla sua vista. Armeggio col vecchio telaio a ghigliottina finché non riesco ad aprirlo – io e Geoffrey volevamo sostituire le finestre, ma poi non l'ho più fatto – e urlo, "Piano! Sono in riunione!"

Il martellio cessa.

Mi liscio i capelli e mi piazzo un sorriso calmo in volto. Quando torno a sedermi alla scrivania, ritrovo il capo preoccupato.

"Scusi il chiasso," dico. "Non riaccadrà più."

"Nessun problema," fa lui. "Sono venuti a sistemarle il tetto?"

"Sì, più o meno. È mio cognato. Sta facendo dei lavoretti in casa, e non sapevo che avrebbe sistemato le tegole oggi."

Sullo schermo luccica il riflesso dei miei occhi. Inspiro profondamente. Calma, razionale, nel pieno controllo della situazione – ecco come sono io.

"Suo cognato è ancora lì?"

"Sì. Resterà per un po'. È una storia lunga." Spero di non doverla raccontare, ma Van den Berg sembra curioso.

"Non avevo capito che foste così intimi."

"Non ci vedevamo da quasi dieci anni," confesso. "Dal funerale di Geoffrey." Di solito non dico tanto di me ai colleghi, ma lui è il capo, e sa essere molto di sostegno.

"Capisco," dice dopo una pausa. "Mi perdoni l'intrusione nella sua intimità, ma la situazione la mette a suo agio? La sua presenza..." – esita, come per scegliere con cautela le parole – "è la benvenuta?"

"Oh, sì, certo," mi affretto a dire, commossa da tanta preoccupazione. "È stata una sorpresa, ma sono contenta che sia venuto."

"Bene. Mi faccia sapere se ha bisogno di qualcosa, Julia. La mia porta è sempre aperta."

"Grazie."

Percepisco che vorrebbe dire altro, ma cambia argomento e passa ai prossimi interventi sui contratti, e io sono oltremodo grata di poter tornare al lavoro.

Non appena conclusasi la riunione, ammazzerò Channing e lo seppellirò oltre il patio con un trancio di pizza fredda in bocca.

Qualche secondo dopo la disconnessione, qualcosa sferraglia sul tetto. Channing fa la sua entrata dalla finestra aperta.

È mezzo svestito: porta jeans e stivali. Niente maglia. Il petto brilla del lieve luccichio di sudore.

"Ti sono mancato?" Sfoggia le fossette.

Mi alzo dalla sedia e gli punto il dito al petto nudo. "Adesso ti ammazzo."

Inclina il capo nella sua espressione alla *vabbè*. "Cos'ho fatto adesso?"

Enumero le voci sulla punta delle dita. "Mi hai spento la sveglia. Ti sei messo a martellare durante la riunione col capo."

"Sì, colpa mia. Posso aspettare per finire. Chiederò una mano a Geo."

"Channing Eugene Armstrong, non ti azzardare a portare mio figlio sul tetto..."

Inclina la testa. "Lo sai che è praticamente indistrutti-bile, vero? I mutanti guariscono..." Deve uscirmi il fumo dalle orecchie, perché sventola le mani. "Ok, niente tetto. Con chi parlavi?"

"Cosa?" Il cambio di argomento mi lascia sbigottita.

"Il vecchio che parla come avesse un bastone in culo."

"Non parla affatto così," sbotto. "Van den Berg è il mio capo, e con noi è buono."

Strizza gli occhi. "In che senso?"

"Il salario è ottimo, e mi dà benefit generosi. E sta aiutando Geo a entrare in un'altra scuola."

"E cosa vuole in cambio da te?" La voce suona setosa e profonda, pericolosa.

"Nient'altro che lavori," faccio io. "Ti sei fatto un'idea sbagliata. Il nostro rapporto è assolutamente appropriato. Professionale."

"Eccetto per il fatto che si interessa della vita personale tua e di Geo." Serra la mascella.

"È solo gentile. So che non hai idea di quanto sia diffi-cile crescere da soli un bambino, ma ti assicuro che ho avuto bisogno di aiuto."

S'irrigidisce, e mi sento in colpa per aver sferrato un

colpo tanto basso. "Lo so," dice piano. Mi si avvicina, e la fresca folata del suo profumo selvatico mi dà le vertigini.

Tendo una mano per allontanarlo. "Non di mazzette di spacciatori. Faccio l'avvocato io. Ho un buono stipendio. Avevo bisogno di un altro tipo d'aiuto."

Riecco la fossetta. "Giusto per la cronaca, non ho mai lavorato per spacciatori. Ma a volte gli sparo."

"Basta."

Mi rivolge un sorrisetto furbo e vengo travolta da un'ondata di calore. Il mio palmo indugia al di sopra del suo petto nudo. Lo ritiro di scatto e incrocio le braccia per eliminare la tentazione di toccarlo. Che vergogna che lo desideri tanto. "Dov'è la maglia?"

Fa spallucce. "Sul tetto mi è venuto caldo. A proposito, quand'è la prossima riunione? Vorrei fissare le tegole prima del tramonto."

Vorrei mandarlo a fanculo, ma mi sa che le tegole mi servono proprio. "Aspetta la pausa pranzo. Dovrò andare a fare la spesa."

"Niente spesa. Dimmi cosa ti serve. Io e Geo abbiamo già aperto un ordine; me la faccio consegnare a casa."

Apro la bocca. La chiudo. Se non mi calmo subito esplodo.

Ho appena affermato di aver bisogno di aiuto, no? Non posso certo dirgli di no. Il bucato e la spesa erano in cima alla lista di cose da fare di oggi.

Che fastidio che si renda tanto utile. Non posso neanche ammazzarlo. Come mi difenderei poi in tribunale? Mi ha pulito casa e ordinato la cena quindi gli ho sparato?

Spargli comunque non funzionerà. Non ho mica proiettili d'argento.

Invece di strozzarlo, me ne sto a pochi centimetri dal suo petto nudo, che luccica da matti. Quanto gli sarebbe facile coprire questa distanza per schiacciarmi contro di sé, permettendomi di avvolgergli le gambe attorno al busto e strusciarmi contro al suo sodo corpo, come nel sogno...

Channing si china per piazzarsi alla mia altezza. "Rilassati, Julia." Le sue labbra indugiano proprio sulle mie. Due centimetri e mezzo e si toccano...

"Vattene," ringhio, e con una risatina arretra per sedersi sul davanzale della finestra, poi si rovescia all'indietro e sparisce.

Corro alla finestra, aspettandomi di vederlo disteso sul cortile fra i gemiti, invece sta bene: si regge con una mano alla grondaia. Che però scricchiola per via del peso, allora cade portandosela dietro. "Scusa," urla. "L'aggiusto io!"

Chiudo di colpo la finestra digrignando i denti tanto forte che probabilmente mi sente anche da fuori.

* * *

Fremente di rabbia, vado in cucina per pranzare. Channing non scherzava mica sulla spesa. Poco dopo mezzogiorno ha accostato qui fuori un'auto, e un ragazzino allampanato identico a quello della pizza ha portato dentro bracciate di sacchetti marroni di carta. Quasi mi aspettavo di giungere a una tavolata piena di sporte di gelato squagliato, invece Channing ha messo via quasi tutto.

Nella scelta Geo ha recitato la parte del leone. Il congelatore è pieno di waffle fries e pizza roll surgelati, e ci sono dodici confezioni giganteche di cereali zuccherini, del tipo che compro solo ed esclusivamente quando andiamo in campeggio. Aggiungerei la questione alla lista dei peccati di Channing, ma quando apro il frigo mi accoglie una brillante foresta di lattuga verde e rossa. C'è persino il basilico fresco. Accanto alla caffettiera c'è un elegante vassoio di formaggi, del tipo che prenderei per recarmi a una festa, insieme a confezioni di tre diversi tipi di cracker. E un vasetto delle mie olive verdi preferite. Quando ero incinta me ne spazzolavo uno di olive di Castelvetrano al giorno. Ne avevo una voglia matta, e Geoffrey si recava fino all'elegante enoteca del paese che le vendeva.

Si vede che Channing se ne ricorda. Geo era piccolo quando si trasferì con noi. Era un pazzo adolescente che andava e veniva alle ore più strane. Mai avrei creduto che ci avesse fatto caso, o che gli interessasse.

Sto cominciando a rendermi conto di non conoscerlo per niente.

* * *

Channing

Il sole è alto, e sul tetto fa molto caldo. Ho indossato la maglia in segno di rispetto per Julia, ma fra sei secondi sarà zuppa di sudore. Ho chiamato Buddy, il mio amico mutante della zona, e ha il tempo di aiutarmi nei lavoretti. Riesce anche a farmi lo sconto per le nuove finestre.

Dovrei renderne partecipe Julia. Stamattina è stressata e infastidita dalla mia presenza. È più facile dirle tutto dopo, che chiederle il permesso. È anche più divertente. È carinissima quando si arrabbia.

Mi squilla il telefono, e lo recupero. Lo schermo dice che è Deke, quindi rispondo con un sorrisone. "Ti manco, papà?"

"No."

Aspetto, ma non dice nulla, quindi lo incalzo. "Che c'è?"

"Ho appena mollato i gemelli al monte Bad Bear."

99

"Solo adesso?" Faccio due conti veloci. "Sono passate trentasei ore."

"Lo so. È una storia lunga." Il tono promette un mondo di sofferenza a chiunque insista, quindi evito. "Ho fatto due ricerche. È saltato fuori che i Terribili tre hanno saputo dei combattimenti da una nuova app. C'è una chat room segreta frequentata da mutanti per lo più adolescenti."

"Ok."

"Li ho costretti a mostrarmela e ho letto i messaggi. Quell'Hannibal... c'è anche lui. E ha sfidato parecchi ragazzini a scontrarsi con lui. I gemelli hanno abboccato."

Vengo percorso da un brivido. "Li ha adescati."

"Esatto. Sta combinando qualcosa. Non posso dimostrarlo, ma me lo dice l'istinto."

"Lo sapevo. Non riuscivo a sentire l'odore dell'animale."

"Ho chiesto a Kylie di craccare l'app e ficcarci il naso. Chiederei aiuto a te, ma so che sei in missione."

"Già." Chino lo sguardo sulla tegola che tengo in mano. "È più complicata del previsto. Ma scrivimi, se ti serve aiuto."

"Ok. Tieni occhi e orecchie aperti." Riappende.

Mi massaggio i nodi al petto. Un'app per adolescenti mutanti? Logico. La pubertà fa schifo. È utile un branco di amici che sappiano quant'è difficile, soprattutto per mutanti come Geo, lontani dalla propria specie.

Ma è pericoloso. Le app si craccano, o può presentarsi uno come Hannibal per adescare ragazzini ingenui. La tecnologia cambia tutto.

Un ringhio mi tuona dentro. Il lupo vuole partire in caccia. Non so che animale sia quello scherzo della natura, ma un morsino glielo darei volentieri. Soprattutto se scopro che si aggira per Flagstaff. L'ho beccato un po' troppo vicino a casa di Julia, per i miei gusti.

La sua voce tesa vola fino a me. È in cucina, e parla al telefono. Ne ha due – uno di lavoro e uno personale, e usa il primo quasi tutto il giorno.

Rimetto in tasca il mio e mi calo giù dal tetto. Mi dà la schiena, e ha le spalle per metà alzate verso le orecchie.

"Capisco che è l'inizio dell'anno," dice con tono calmo ma irritato. "Le sto chiedendo i documenti disponibili al momento. No, non voglio aspettare dicembre. No, non... sì, resto in attesa." Espira e ringhia fra sé e sé.

Ha mangiato qualche fetta di formaggio e metà vasetto di olive, nota il lupo soddisfatto. Vuole nutrirla.

Apro la porta strisciando deliberatamente i piedi sul tappetino, per farmi sentire.

Leva gli occhi su di me e tende una mano. La persona all'altro capo strilla, e Julia si massaggia la fronte. "Sì, i più recen..."

Sento i toni acuti dell'impiegata infastidita che la indispone. "Qui non sono registrati Sanchez."

"È il cognome mio. Il suo è Armstrong. A-R-M-S-T-R-O-N-G."

Il telefono di lavoro attacca a suonare. Julia lo recupera dalla tasca posteriore per guardare lo schermo.

"Faccio io." Tendo una mano verso il primo.

Arretra con un piccolo scossone della testa stringendo forte entrambi gli apparecchi.

Odio vederla stressata. Che abbia tutto il peso del mondo sulle spalle e che nessuno le dia tregua. Odio che sia colpa mia. Il lupo vorrebbe accoglierla fra le braccia per consolarla. Ma non me lo permetterebbe mai.

Avanzo a velocità da mutante per strapparle il telefono di mano.

* * *

Julia

Un attimo mi sto facendo scaricare dall'impiegata amministrativa della scuola dalla voce come cartavetrata Quello successivo parlo al nulla.

Rispondo a Kim, la legale della controparte sull'acquisizione tentata dal capo, tendendo un orecchio verso Channing.

"Scusi, con chi parlo?" Mi fa l'occhiolino, sfoggiando il sorrisone tutto fossette che probabilmente gli permette di infilarsi nelle mutande di qualsiasi donna. "Salve, Barbara. Piacere," cantilena tutto fusa e voce liscia come seta. "So che oggi è occupata, ma lasci che le dica che ha una voce bellissima."

Levo gli occhi al cielo, però mi giro, sicura che ce la farà. "Il signor Van den Berg non è disposto a ripensarci. Forse ci sarà spazio in merito alla liquidità, ma tutto qui," dico. "Darò un'occhiata ai rincari, ma posso già dirle che non è negoziabile."

Sento Channing affascinare tanto Barbara da convincerla a farsi inviare i documenti senza indugi. "Grazie mille, Barbara. Li mandi a..." Mi lancia un'occhiata, e io indico l'indirizzo della *Woodman Prep* segnato sui moduli posati sul bancone.

Sta usando l'inclinazione del capo alla *vabbè*. Funziona persino al telefono. Maledizione.

Kim mi dice che riparlerà col capo.

"Ottimo. Se pensa di riuscire a organizzare un incontro con le parti principali per sistemare la cosa di persona, probabilmente io e Van den Berg potremo venire a New York la prossima settimana." Non riesco a credere di offrirmi per il viaggio. Odio viaggiare per via di tutti i preparativi necessari a Geo, ma esistono negoziazioni impossibili solo fra avvocati. Bisogna infilare nella stessa stanza le parti.

Aggancio con Kim nello stesso momento con cui Channing riappende con la signorina Cartavetrata e mi acceca con le fossette.

Scuoto la testa. "L'ennesima donna abbagliata dal tuo fascino."

"Sono qui per rendermi utile." Invade il mio spazio, mi prende il telefono e lo posa sul bancone, prima di farmi arretrare a mia volta. È senza maglia, e il profumo del suo sudore, pulito e virile, mi fa pulsare fra le cosce.

"Con me non funziona," mento.

"Sicura?" Il basso ringhio mi va dritto lì.

Mi volto, ma adesso sono intrappolata fra le credenze e il suo corpo. Peggio: non voglio neanche spostarmi. "Mi stavo arrangiando benissimo da sola senza il tuo aiuto."

"So qual è il tuo problema," mi fa, tutto fusa, nell'orecchio. Ma perché gli ho permesso di avvicinarsi tanto? Mi posa le mani sulle spalle per massaggiarmele. È tanto piacevole che devo trattenere un gemito. "Vuoi controllare tutto."

Ovviamente ha ragione. Gli avvocati di solito sono del tipo A. Organizzati. Controllanti. "Sono una madre sola. Devo gestire tutto io." L'argomentazione è indebolita dal ciondolio della testa, che accoglie meravigliosamente il massaggio.

"Hai bisogno di rilassarti. E io ti posso aiutare."

"Sei un dito in culo," brontolo.

"Se ti piace..."

Spalanco gli occhi. Mi sta strusciando l'uccello contro al sedere. "Cosa?" Mi giro verso di lui, che fa tutto l'innocentino.

"Cosa?"

"Indietro." Gli poso addirittura una mano sul petto per spingerlo via. La sua pelle mi scotta il palmo. Fa un minuscolo passettino indietro. "Non voglio il tuo aiuto."

"Scusami." Solleva tutte e due le mani. "So che conduci le danze da sola da tanti anni. Ti piantai in asso senza pietà. E te la sei cavata benissimo. Ma adesso sono qui per aiutarti. Non sarebbe bello rilassarsi e lasciare tutto a qualcun altro?" Chiudo gli occhi per mettere della distanza fra noi, ma la sua profonda voce mi rimbomba dentro. "Sarebbe facilissimo, dai. Stenditi e lascia il resto a me."

Delle immagini m'inondano la mente – quelle del sogno, in cui Channing era nudo, e altre ancora, nuove fantasie che vedono me in ogni posizione possibile mentre obbedisco a tutti i suoi ordini.

"Rilassati, Julia," sussurra, e faccio come dice, inalando il suo profumo.

Lo sento inspirare a strattoni, come eccitato quanto me. Probabilmente turbato quanto me.

Sento il minuscolo tocco dei suoi polpastrelli scostarmi i capelli dal volto.

"Scusami," mormora ancora. "Non avrei mai voluto ferirti andandomene. Non mi rendevo conto... di essere così importante."

Apro gli occhi e mi trovo davanti il suo meraviglioso viso, offuscato da lacrime non versate. "Certo che eri importante, Channing. Facevi parte della famiglia. Della mia famiglia. Sei lo zio di Geo. Ti volevo bene come a un fratello."

Capisco di aver sbagliato nel momento in cui lo dico.

La vulnerabilità del suo volto si trasforma nell'impassibile faccia battagliera che ho visto ieri sera sulla pedana di legno.

Ed è allora che mi rendo conto che tanta attrazione non è per niente a senso unico. La prova anche lui. Non mi sogno le cose.

E ho inavvertitamente cancellato tutto parlando di sentimenti fraterni.

Mi rivolge un sorriso tirato, privo di fossette, e se ne va, e io me ne resto sola a soffrire per ciò che ho appena rifiutato.

Mi rigiro la fede sul dito. La guardo.

Sono pronta ad andare avanti? Sono anni che non sto con un uomo. Dopo uno come Geoffrey – un *mutante* – i normali umani non mi interessano minimamente.

Channing però non è un umano normale. È tutto mutante. Tutto maschio. Mi fa battere forte il cuore e ribollire il sangue. Non posso negare di fantasticare di come sarebbe stare con lui da quando si è palesato sul vialetto di casa mia.

Se su questo pianeta esiste qualcuno capace di colmare il bisogno che ho dentro, il vuoto che provo, temo sia proprio Channing.

Mi levo l'anello e osservo il dito nudo, poi me lo rimetto.

Boh. Andare avanti fa più paura che rimanere aggrappati al dolore di un tempo.

Ascolto i rumori di Channing che si muove per la casa, che controlla serrature, che riordina, e mi rendo conto che la sofferenza passata si è già trasformata in altro.

In brama.

Brama di futuro.

Capitolo Sette

Channing

Sono due giorni che, a testa bassa, faccio di tutto per rendermi utile in casa. Ho riparato il tetto. Oggi smeriglio la pedana e le sedie. Domani le tingerò e impermeabilizzerò. Bisogna cambiare l'olio alla macchina di Julia, e revisionarla. Buddy verrà con gli attrezzi.

E per tutto il tempo non faccio che ricordarmi che Julia mi vuole bene *come a un fratello*.

Che meraviglia. Renderà ancora più facile sparire di nuovo, una volta che Geo si tramuterà con serenità.

Me lo ricordo trenta volte al giorno per impedirmi di toccarla. Fratello. Fratello. Fratello. Solo un fratello. Faccio di tutto per impedirmi di marchiarla coi denti. Di tradire il ricordo di Geoffrey reclamandone la compagna.

Ma perché il fato ci ha fatti innamorare entrambi della stessa umana? Ho sentito parlare di strambi branchi di mutanti in cui i maschi si accoppiano a due – ma mai tra fratelli. E poi sono specie leggermente diverse di lupi.

È interessante notare che prima della morte di Geoffrey non morivo dalla voglia di marchiarla. La trovavo sexy. Mi piaceva stare con lei. Ma fu solo dal funerale che venni colpito dalla voglia di marchiarla e reclamarla. Come se il fato mi avesse buttato nella mischia nelle vesti di sostituto. Ma avevo solo diciannove anni. Facevo un sacco di festa con Buddy. Lavoravo in una pizzeria di qui e per soldi gareggiavo in auto. Praticamente non combinavo nulla.

Julia aveva dieci anni in più. Faceva l'avvocato. Era fuori portata. E soffriva per mio fratello. Sapevo di non essere all'altezza di Geoffrey. Non mi ci avvicinavo neanche. Non mi ci avvicinerò mai.

Quindi entrai nell'esercito – per allontanarmi dalla tentazione e crescere. A livello inconscio, mi sa che scelsi come modello Geoffrey per rendermi degno agli occhi di lei. Ma pur imparando velocemente, non potevo essere lui. Io non sono serio e determinato. Sono uno scemo. Mi adatto. Seguo il vento. Adoro ridere. Non ho mai avuto alcun desiderio di guidare gli altri. Sono un ottimo soldato.

E poi venni reclutato nella squadra operativa di mutanti del colonnello Johnson – lo stesso che reclutò Geoffrey. E... sono passati gli anni. Era più facile stare lontano che palesarmi e rischiare di infangare la memoria di mio fratello seducendone la compagna.

Julia non ha certo bisogno che le metta confusione.

Non avevo idea che la mia assenza l'avesse ferita. Che mi volesse con sé.

Come *fratello* però. Come zio di Geo.

Non come compagno.

Entro in soggiorno, dove la trovo su un materassino da yoga col culo per aria. Chissà perché adesso non lavora. Si è presa una pausa?

So solo che così mi ammazza.

Giuro sul fato che cerca di proposito di tentarmi dal giorno in cui mi ha detto di volermi bene come a un fratello.

La notte se ne va in giro con una corta vestaglia di seta. Geme quand'è sola nel letto.

Ieri sera ho sentito il vibratore, e sono quasi corso da lei buttando giù la porta.

Posso solo dire che grazie al fato Geo ha bisogno di correre nel bosco ogni notte, perché è l'unica cosa che mi aiuta a sfogare la tensione.

Al momento indossa un top a reggiseno e aderenti pantaloncini corti. Le gambe toniche sono favolose, e quel culo...

Oh, cazzo.

Non riesco a trattenere il basso ringhio che mi schizza fuori di bocca quando lo rispinge verso di me. Arretra sulle mani verso i piedi e si aggrappa alle caviglie, guardandomi attraverso le gambe.

Allora vedo. Anzi, non vedo. La fede al dito non c'è più.

Oh, merda.

"Ciao, Channing." Ha la voce roca. Sexy da morire.

Mi viene duro. "Che..." Mi schiarisco la gola. "Che stai facendo?"

"Yoga. Che credevi?"

Non riesco a evitare di avvicinarmi un tantino. Troppo. "Serve aiuto?" Non avrei dovuto dirlo.

Fa' il fratello.

Mi vuole bene *come a un fratello.*

Però si è tolta l'anello. Che sia solo per pulirlo? O per spalmarsi una crema? Magari non lo porta quando fa yoga...

"No." Passa per qualche altra posizione, poi indugia nella solita, col culo verso di me.

Mi avvicino ai suoi fianchi senza neanche rendermene conto. Le agguanto i lati del bacino facendomi sfuggire dalle labbra un altro ringhio.

Mi aspetto che si incazzi. Magari che mi rifili un calcio

in faccia.

Invece si blocca. Come in attesa.

Devo levarmi dai coglioni. Devo togliere le mani dalla compagna di mio fratello. Mi costringo a mollarla e faccio un passo indietro.

Lei si alza e gira, con le guance arrossate per la posizione rovesciata.

"Riesci a sollevare la gamba al di sopra della testa?" Mi butto su una leggerezza civettuola. Sul personaggio: il dongiovanni.

"Perché me lo chiedi?"

"Potrebbe tornare utile." Facendo l'occhiolino, mi volto per andarmene.

Prima però inalo la sua eccitazione, e mi devo fare in quattro per non girarmi e portarla in braccio in camera. Anzi, ancora meglio: buttarla sul materassino e...

No. Mai al mondo.

Però... perché no? Dirà *anche* di volermi bene come a un fratello, ma il suo corpo risponde al mio. Forse devo solo darle un po' di piacere. Farle cambiare idea su di me.

Oh. Cazzo.

Da camera sua sento di nuovo quel maledetto vibratore. Un minuscolo ronzio.

Non ce la faccio. Ed ecco che poso la mano sul pomello prima ancora di aver deciso di muovermi. E quando entro... non riesco a fermarmi.

Julia è sulla schiena, col vibratore infilato nei pantaloncini per arrivare al clitoride, gli occhi da matta.

Mi costringo ad avanzare lentamente. Per non balzare sul letto e coprirla col mio corpo.

Incolla lo sguardo al mio mentre armeggia con quell'affare tra le gambe, e so che devo aver cambiato colore alle iridi, perché sento il calore e il formicolio della mutazione tentare di avere la meglio. Il lupo vuole marchiarla. Non l'ho neanche baciata ed è già pronto.

"Adesso posso aiutarti?" Ho la voce che è cartavetrata.

Inspira a fatica, ma non risponde. Tiene solo gli occhi scuri fissi sui miei. E il vibratore in mano, mentre i fianchi vi si chiudono contro.

La stanza ruota su sé stessa. Ce l'ho più duro del marmo.

"A cosa pensi?"

Ansima. "A niente..."

"Ritenta. Julia, a cosa pensi quando ti dai piacere?"

Si ferma.

"Non smettere," ordino. Non volevo, ma il comando alfa mi si è infuso nella voce, e lei ci sta con bisogno lascivo; scaglia la testa all'indietro e struscia i fianchi sull'aggeggio gemendo.

"A te," bisbiglia con voce roca. "Pensavo a te."

Una certa soddisfazione mi percorre dalla testa al pisello. Muoio dalla voglia di infilarmi fra le sue gambe per finire il lavoretto, ma non vorrei mai cambiare una singola cosa del momento: vedere Julia così, pazza e abbandonata, bramosa come una matta di venire pensando a me. "Brava."

Fa sobbalzare i fianchi, come se la lode bastasse a farla venire.

"Continua a toccarti." Il comando alfa sfarfalla fra le sillabe. Gli esseri umani solitamente non vi rispondono come i lupi, ma pare che Julia lo trovi sexy. Mi sa che le piace un po' di dominazione a letto.

Mi staglio sul fondo del letto, lo sguardo concentrato sulla mia bellissima femmina.

Mi allungo verso i pantaloncini e glieli tiro giù per vederle il posticino fra le gambe.

Adesso emette versi bisognosi di gola. Entusiasti e

lamentosi. La voglia disperata di venire infradicia ogni sillaba.

"Sì, Jewels. Fammi vedere che ti dai piacere, ma senza venire."

Un lamento.

"So che sei pronta, ma lo spettacolino mi sta piacendo. Sei bellissima quando ti lasci andare."

Altri gemiti.

"Fatti scivolare la mano su per il seno." Tenendo una mano al sicuro, sul vibratore, s'infila l'altra nel reggiseno dal lato e si stringe una mammella. "Pizzicati il capezzolo. Mostrami che lo sai far diventare turgido, bellezza."

Sgroppa coi fianchi fra i singhiozzi mentre se lo stuzzica con le dita.

Le slaccio la fibbia anteriore del reggiseno, in modo che si spalanchi e le liberi i seni. Chino la testa per succhiare l'altro capezzolo mentre lei continua a darsi piacere, con le dita sull'altro e l'aggeggio fra le gambe.

Glielo prendo di mano per schiacciarglielo dentro, alla ricerca del punto G. "Mettiti le dita sul clitoride," ordino.

Se lo massaggia con dei cerchietti; la pancia le rabbrividisce tutta, seguendo gli ansimi singhiozzanti. "Ti prego... Channing. Devo assolutamente venire."

Oh, cazzo. Quante migliaia di volte avrò fantasticato su questo momento? Su Julia che m'implora di venire con dolce voce melata? Sul profumo di lillà e lavanda mescolato alla sua eccitazione, nell'odore più magico della Terra?

Le bacio le smagliature della pancia. Le infilo la lingua nell'ombelico. Poi le catturo le dita per scostarle e succhiarle il clitoride indurito. La torturo per trenta secondi buoni, infilandole dentro e fuori il vibratore e succhiandole e picchiettandole il clitoride mentre lei si pizzica entrambi i capezzoli.

Sollevo il capo. "Adesso, Julia. Vieni per me, dolcezza."

Urla. Solleva i fianchi dal letto e mi sbatte le ginocchia sulle spalle, sfogandosi in folli spasmi selvaggi.

Mi viene quasi da piangere alla visione; quant'è bella. E quanto ho dovuto aspettare. Quant'è perfetta.

Julia... che viene per me.

Non è ancora mia, però mi si è concessa.

Mi ha permesso di assistere al suo piacere. Di parteciparvi.

Vorrei dichiararle il mio amore. Dirle che la voglio da tantissimo tempo. Che per me è importantissima, ma in queste cose non sono bravo. Sono uno che fa battute per alleggerire l'atmosfera. Non uno che si fa serio e denuda la propria anima.

Quindi decido di accarezzarla tutta quanta, di toccarle la pelle con le mani. Di adorarla. Di mostrarle con le azioni, col contatto, cosa significa per me.

"Be'." Si issa sugli avambracci, senza fiato. Bellissima.

"Mi renderò *ancora* più utile," le prometto con finta sincerità.

Le sfugge una risata dalle labbra. Mi lancia addosso un cuscino. "*Channing.*" Ride, esasperata.

Ho sbagliato tutto.

"Esci." Ha un sorriso in volto, però indica la porta.

Per non mettere troppo alla prova la fortuna, le do un altro bacetto sul pancino piatto e arretro.

"*Decisamente* più utile," ripeto arretrando verso la porta.

Il suo sorriso è puro sole e calda terra. Però scuote il capo, come fossi ancora l'incorreggibile ragazzino che tornava a casa alla sei del mattino svegliando Geo troppo presto.

Esco e chiudo la porta, e mi ci appoggio contro per un

attimo, memorizzando ogni singolo dettaglio della scena, prima di tornar fuori a smerigliare.

* * *

Julia

Incredibile la differenza che c'è fra un orgasmo dato da un'altra persona e uno che mi do da sola. E non mi ha neanche penetrata.

Mi faccio la doccia e socchiudo la finestra, perché non so quanto forte sia l'olfatto di Geo al momento, e non voglio che sappia che mentre è a scuola me la spasso con Channing.

Non so come prendere l'accaduto io, figuriamoci come presentarlo a mio figlio.

Ah, volevo dirti che ho deciso di scoparmi lo zio. Ti sta bene, no?

Non che me lo sia scopato davvero. Ma voglio sicuramente di più. Molto, molto di più.

Solo che non riesco neanche a pensare a tutti i timori che mi suscita questo sviluppo.

Insomma, non sono una che si fa trascinare dalla corrente. Penso e mi arrovello. E tutte le mie riflessioni mi portano a ritenerla una brutta idea. So che andarci a letto sarebbe fantastico, ma non so separare il sesso dall'amore.

E non riesco ad aprire il cuore a uno che fra cinque minuti sparirà per altri dieci anni. Non riesco assolutamente ad aprire il cuore a uno che partecipa a missioni pericolose che includono spacciatori, esplosioni e qualsiasi altra cosa faccia su commissione.

E senza prendere in considerazione il fatto che ha dieci anni meno di me ed è il fratello di mio marito!

Abbastanza stranamente, non mi sembra sleale verso Geoffrey, però. Stare con Channing sembra più fargli onore. Channing faceva parte della nostra vita a due. Geoffrey gli voleva profondamente bene. Anch'io, ma adesso in modo diverso.

Adesso lo vedo come un uomo. Un meraviglioso uomo capace ed estremamente premuroso. Un uomo che il mio corpo desidera tanto quanto il mio cuore solitario.

Stamattina mi sono tolta la fede per riporla nel portagioie. Un giorno magari Geo la darà alla sua compagna. Riconosco appieno che è il momento di andare avanti, che sia permettendomi di ricevere piacere da un altro... o qualcosina di più.

Sopravvivo al resto della giornata lavorativa, emergendone un'ora dopo il ritorno da scuola di Geo e beccando Channing fuori a innaffiare a petto nudo. *Di nuovo.*

Lo guarda dalla finestra della cucina parlare con Geo, con l'acqua che gli scende in rivoli giù per i muscoli scultorei.

Santo cielo... ma si veste mai questo qui? Così mi tortura!

Ovviamente devo ammettere che anch'io lo sto torturando un tantino, con lo yoga. Ho visto di aver toccato un nervo scoperto col commento sul fratello e, be', mi sa che non mi è piaciuto il verso che poi hanno preso le cose.

Avere intorno Channing mi fa sentire ancora bella. Desiderabile.

Leva gli occhi e ci guardiamo. Mi aspettavo imbarazzo dopo l'accaduto. Pensavo che l'avrei respinto per prendere una boccata d'aria. Ma c'è tanta oscura promessa nel suo sguardo verde che mi cedono le ginocchia.

E chi lo sapeva che quest'indolente scemotto avesse un lato intenso. Nonché apparentemente semiresponsabile, a giudicare dal fatto che mi aiuta in casa e fa da mentore a Geo.

Ed ecco che accade. Malgrado il buonsenso. Malgrado la riluttanza. Le cancellate del mio cuore si spalancano e un mare di affetto si riversa su Channing.

Deve leggermelo in faccia, perché solleva il mento e la speranza sboccia nel suo lento sorrisino sexy.

Speranza.

Per me?

Possibile? Mi gira la testa.

Non so cosa stia accadendo. Sta forse cercando di sedurmi?

No, no. Che follia. È venuto perché Geo è entrato nella pubertà, e finalmente si sta accollando le sue responsabilità di zio. Devo ricordare a me stessa che questo non è uno su cui si possa fare affidamento.

Non è Geoffrey, malgrado me lo ricordi tanto.

Però comincia a piacermi averlo a casa. E il mio corpo è tornato in vita.

Metto del riso sul fornello e accendo il forno per arrostire il pollo. Probabilmente servirà altra carne per i miei lupacchiotti, ma posso sempre aprire una delle tante confezioni di hot-dog che ci hanno portato, se dopo la corsa devono cenare di nuovo.

Vago per la cucina canticchiando, stupita di sentirmi tanto rilassata. Non è solo l'orgasmo – o forse sì. Ma è anche la presenza di Channing.

È tutto diverso. Due persone non sono una vera famiglia. Ricadeva tutto sulle mie spalle. Era sfinente. Malgrado la resistenza fatta, è bello avere qualcun altro in casa a mettere le pezze.

Non so quanto rimarrà, ma finché resta tanto vale goderselo. Come una vacanzina. Ci può stare, dai.

Channing e Geo varcano la porta posteriore. Il primo ha i jeans bagnati perché ha innaffiato il prato, e gli pendono anche bassi sulla vita, quindi ho un bel panorama della V di muscoli che conduce alla terra promessa.

Si accorge che lo guardo e mi fa l'occhiolino.

Accidenti a lui.

Non vorrei arrendermi al suo fascino. Devo stare in guardia, di qualunque cosa si tratti.

"Vado a fare la doccia." Agita il pollice verso il bagno, e io scaccio il desiderio di seguirlo. "Geo deve finire due compiti prima della corsa." Lancia un'occhiata al ragazzo, e inclina il capo verso le scale. "Va' a farli."

"Ok." Fa due gradini alla volta. Nessuna traccia di scontrosità o poca voglia. Accetta tutto ciò che gli dice Channing, pare.

"La cena è pronta fra tre quarti d'ora circa," gli dico. Wow. Come una vera famiglia. È tanto bello che mi si stringe il petto.

Le fossette di Channing si approfondiscono. "Perfetto. Mi lavo e vengo ad aiutarti."

Mi verso un calice di vino e preparo l'insalata. Uscito dal bagno, Channing apparecchia la tavola e se ne versa uno per sé.

Poso un fianco sul bancone e lo osservo.

"Cin." Sbatte appena appena il bicchiere contro al mio, entrando nel mio spazio. Invadendo la mia sanità mentale.

Lo esamino. Devo chiederglielo per forza. "Perché ci hai evitati per tanto tempo?" Sono in grado di dirlo senza farla sembrare un'accusa. Senza risentimento.

Voglio solo saperlo.

Il dolore gli contorce il bel viso. Lo stesso che vidi alla morte di Geoffrey. China il capo per guardare il pavimento fra noi.

"Era troppo doloroso?" domando piano. "Ti ricorda-vamo troppo Geoffrey?"

Quando leva lo sguardo, batte forte le palpebre. "No." Scuote la testa. "Non era quello. Soffrivo, ma..."

Aspetto che prosegua, però non lo fa. Guarda fuori dalla finestra nereggiante, gli occhi che brillano appena, dimostrandomi che al crepuscolo vede molto meglio di me.

"Ma cosa?"

"Sarei voluto rimanere per te," gracchia.

"E allora perché non rimanesti?" Stavolta mi si spezza la voce – non riesco a impedire il ritorno di parte delle emozioni. E del risentimento. "Avevamo bisogno di te, Channing."

"Avevi bisogno di Geoffrey," dice burbero – tono che non sono abituata a sentire da lui. "Di un uomo. Di una persona che ti proteggesse e si prendesse cura di te. Di una persona responsabile. Quell'uomo non ero io, Julia. Quindi me ne andai. Per diventare come Geoffrey."

Inclino il capo e strizzo confusa gli occhi. "Non avevo bisogno che fossi Geoffrey. Avevo solo bisogno della mia famiglia." Lacrime mi trafiggono gli occhi. Il dolore sotto-stante al risentimento sale in superficie. "Non capisci. Soffrivamo... avevo perso mio marito e il padre di mio figlio. E poi ho perso anche te! L'unico mio conforto era che almeno Geo avesse uno zio. Ma vi abbiamo persi *entrambi*. Cos'avevamo fatto per meritarcelo?"

"Julia." La voce gli si strozza. Ha gli occhi umidi anche lui. "Non potevo rimanere. Non capisci..."

Gli do uno schiaffo al petto. "Allora spiegamelo!"

"Sono un casino, Julia. Non volevo incasinare anche voi."

Scuoto la testa. Che assurdità. "E come avresti fatto?"

Si ficca le mani in tasca, gesto che lo fa somigliare al

caparbio ragazzino che ricordo. "Fu il giorno del funerale. La bara non era ancora stata calata che..." Ammutolisce, e deglutisce a fatica.

"Che... cosa?"

"Il lupo..." Inspira, come non bastasse l'aria della stanza. "Il lupo mi chiarì di volerti reclamare."

Arretro dallo shock. Battendo le ciglia, cerco di digerire la cosa. "Come?" La mano mi vola all'esterno coscia – al punto in cui una notte Geoffrey mi marchiò col suo odore. Ci sono ancora le cicatrici – più permanenti di una semplice fede che si può sfilare. L'odore di Geoffrey c'è ancora, e dice agli altri lupi che sono stata reclamata.

Channing scrolla infelice le spalle. "Sei la compagna del destino di mio fratello... e anche la mia." Gli occhi gli brillano di verde quando mi guarda.

Il calice mi sfugge dalle dita, e lui lo agguanta con riflessi fulminei, schizzando entrambi di Primitivo rosso.

"Oddio!" Sono contenta della distrazione. Dell'occasione di schiarirmi le idee. "Scusa." Prendo un canovaccio e glielo premo sulla maglietta bianca macchiata.

"Julia." Lui me lo leva di mano per posarlo sul bancone. Quando mi prende la testa in tutte e due le mani, non ha più nulla di infantile.

Adesso è tutto uomo.

Mi si bagnano le mutandine. La carne fra le gambe si serra.

"Hai capito adesso perché me ne andai? Perché tornare mi spaventava?"

Il respiro mi si è fatto erratico. Selvaggio. Sono ipnotizzata dal suo luccicante sguardo verde. Dall'intensità con cui si concentra su di me. "Cosa temevi?" sussurro.

"Questo." Abbassa il capo e mi bacia. È un bacio appassionato, colmo d'amore, di bisogno e della promessa di piacere. Le sue labbra si muovono sulle mie, reclamano la mia bocca, l'accarezzano. L'assaggiano. La lingua scivola lungo il suo sigillo, ne forza l'entrata, audace ma rispettosa. Abbastanza lenta da concedermi di rifiutarla, volessi.

Non voglio.

Non avevo mai desiderato tanto un bacio.

Non avevo mai desiderato arrendermi a qualcuno. Non mi ero mai sentita più venerata.

Mi ha aspettato per tantissimo tempo...

Channing Armstrong. Che si strugge per me.

Negandosi il piacere di avermi.

Crescendo per me.

Percepisco l'importanza della cosa nel legno che ho sotto ai piedi. Negli scossoni e tremori degli alberi fuori dalla finestra. Nelle pareti della casa.

Geoffrey era meraviglioso. Sexy, dominante e virile.

Channing è tutto ciò, ma con l'eredità di un dolore e una brama lunga anni. Si è torturato per me.

So com'è per un lupo avere una compagna non reclamata. So che può anche uccidere dei maschi. Gli viene la pazzia della luna.

Channing si è quasi ucciso per me.

Quindi gli prendo la testa e lo bacio a mia volta. Lo bacio finché non ci facciamo entrambi prendere dalla febbre, e mi solleva dalla vita per sedermi sul bancone. Mi divarica le ginocchia per piazzarcisi in mezzo e far scivolare le mani su per la camicetta.

E Geo scende di corsa le scale.

Channing si scosta di scatto e si massaggia la bocca con la mano voltandosi verso il ragazzo, che ci fissa con gli occhi sgranati.

Ritrovo la voce. "Finiti i compiti?"

Capitolo Otto

hanning

C La colpa oscura la corsa. Non so neanche se dovuta al fatto che non ci sia sempre stato per lui o per essere saltato fuori dal nulla per reclamarne la madre. Non ho agito con integrità, e per questo vorrei prendermi a pugni in faccia.

In cucina abbiamo fatto gli gnorri, come non mi avesse beccato sul punto di distendergli la madre sul banco per pasteggiarle fra le gambe fino a farle arrochire la voce dalle urla.

È venerdì sera, quindi la corsa è particolarmente lunga; ci fermiamo sul crinale per allenarci nella trasformazione. Gli insegno a seguire le tracce dei cervi e gli impedisco di seguire la lince rossa di cui ha sentito l'odore. Ovviamente vincerebbe lo scontro, ma non c'è ragione di dare la caccia a predatori.

Dopo ci tramutiamo, vestiamo e ceniamo per la seconda volta fuori, sulla pedana appena smerigliata. È tardi e la casa è buia. Julia è già andata a letto.

Finito di mangiare, ce ne stiamo qui belli rilassati a tenerci compagnia.

"Ehm..." Mi schiarisco la voce. "Sarà meglio che ti parli dell'accoppiamento."

"Non fa niente," dice rapido. Quale ragazzino vuole parlare di sesso con un adulto che conosce appena e che ci prova con la madre?

"I lupi si accoppiano per la vita. I lupi mutanti hanno delle compagne scelte dal fato. L'unica e la sola pensata dalla natura come la compagna perfetta."

Geo smette di fingere di ignorarmi e gira la testa per incrociare il mio sguardo.

Gli faccio un cenno di assenso. "Alcuni non trovano mai la compagna del fato. Si accoppiano lo stesso, formano una famiglia e vivono felici e contenti."

Continua a osservarmi, forse desiderando che arrivi al punto.

"Se o quando incontrerai la tua lo capirai, perché ti verrà voglia di marchiarla."

Aggrotta la fronte dalla confusione.

"Ti scenderanno le zanne avvolte da un siero unico. La morderai, e così facendo le infonderai per sempre nelle carni il tuo odore, in modo che ogni altro maschio sappia che è marchiata e ti appartiene."

Arretra dallo shock.

Insisto, perché è importante che capisca. È un lupo. Spero che un giorno trovi la sua compagna del fato. "Tua madre... era la compagna del fato di tuo padre."

"Tuo fratello."

"Esatto."

"E tu?" I suo occhi colgono la luce della luna. Gli voglio già tantissimo bene... chissà come ho fatto a separarmene per tanto tempo.

Mi schiarisco la voce. "È anche la mia. Ecco perché ho mantenuto le distanze. Lo scoprii subito dopo la morte di tuo padre; troppo presto. Aveva bisogno di tempo per elaborare l'accaduto, e io dovevo crescere."

"Quanti anni avevi?"

"Diciannove."

Lascia oscillare il capo, assorbendo la cosa pressoché impassibile in volto. "Quindi marchierai la mamma? O l'hai già fatto?" Aggrotta tutto il viso dal disgusto. "No, niente... non voglio saperlo."

Gli rivolgo un sorriso affettuoso. "Tua madre non mi ha mai perdonato la sparizione. Dovesse però accadere, lo saprai." Mi tocco il naso.

"Ah sì. Ne sentirò l'odore. Che schifo..."

Il sorriso si allarga. "Non fa schifo affatto. È la natura dei lupi. È il nostro equivalente di fede nuziale."

Avvolge le lunghe braccia smilze attorno alle ginocchia. "Ok."

"È davvero ok, ragazzetto?"

Fa spallucce. "Sì."

"Non... non mi sono mai sentito degno di vestire i panni di mio fratello. So di non poterlo fare. Però... sono qui per te, Geo. Qualsiasi cosa accada fra me e tua madre, puoi fare affidamento su di me. Voglio che tu lo sappia." È una faticaccia mandare giù il nodo che ho in gola. C'è molto altro in ballo oltre all'intensa attrazione che provo per Julia. C'è Geo. E la promessa che feci a mio fratello. "Sei sangue del mio sangue. La mia famiglia. Il mio branco."

Si alza in piedi, come non gli avessi appena denudato la mia anima ammettendo ciò che evitavo da dieci anni. "Ok. Vado a letto."

"Buonanotte, Junior."

"'Notte."

Mi alzo in piedi e vado a lavarmi. Julia compare sulla soglia aperta del bagno con un paio di minuscoli pantaloncini per la notte e una canottiera sottile. Posa le mani sui due stipiti, sollevando e separando così i seni, che si muovono sotto al tessuto sottile della tenuta da notte. È un chiaro invito – e mi faccio in quattro per non reclamarla seduta stante.

Inspira a fatica, probabilmente accortasi che le mie iridi hanno cambiato colore.

"Ho l'impressione che tu abbia ancora bisogno del mio aiuto," brontolo.

Un sorriso rovente le curva le labbra. "Eh già."

* * *

Julia

Mi fa cenno di raggiungerlo col dito, e avanzo lasciando ricadere le braccia sui fianchi. Non appena sono alla sua portata, mi posa le mani sulla vita.

Che bello essere toccata di nuovo.

Non avevo idea di averne tanto bisogno.

Non so proprio cos'accadrà fra noi due. Mi ha già sconvolta a sufficienza. Sparisce. Mantiene le distanze per dieci anni. Ricompare e afferma che sono la sua compagna.

Fatico a riconciliare il tutto. Mi sa che è ora di dimenticare il ragazzino che se ne andò tanto tempo fa per conoscere il Channing di oggi.

Quello adulto e dominante in camera da letto, quello che cresce mio figlio.

Un Channing che non conosco per niente.

Dobbiamo ricominciare da capo.

Mi prende in braccio e mi posa sul ripiano del bagno.

"Allora... dov'eravamo?" tuona infilandomisi fra le

gambe e levandomi la canottiera con un movimento sereno. Mi si induriscono i capezzoli sotto al suo sguardo accalorato. Mi strofina i pollici sulle puntine mordicchiandomi l'orecchio.

Gli agguanto la maglia. "*Adesso* porti la maglia?" mi lagno. "L'unica volta che vorrei il contrario?"

Allunga il braccio dietro alla testa per sfilarsela con un gesto elegante. "Sono ben felice di risolvere il problema." Mi bacia giù per il collo mentre io gli costeggio il petto indorato coi palmi.

Sarà stato con un centinaio di donne, mentre io con soli tre uomini. In totale. Due prima di Geoffrey e nessuno dopo. Entrare in intimità dopo una solitudine tanto lunga e praticamente un unico uomo per gli anni precedenti... mette un po' in imbarazzo.

Non so neanche se sono brava. Se mi ricordo come si fa.

Geoffrey era tanto dominante che a letto prendeva il comando. Channing è un po' più rispettoso. O forse si sta solo trattenendo.

Gli traccio i crinali degli addominali col polpastrello. "È... è molto da digerire... te. Io. Tutto questo."

Mi culla il volto e lo solleva verso il suo. "Lo so." Strofina le labbra sulle mie, esplorandole con dolcezza. Mordicchiandole. Assaggiandomi. "Possiamo fare con calma. Abituarci l'uno all'altra. Vedere se mi sopporti." Mi rivolge il suo sorriso più affascinante, e mi vengono le farfalle allo stomaco.

Gli avvolgo le gambe attorno alla vita e gli tiro i fianchi verso di me. "Ti sopporto, ti sopporto," bisbiglio.

Mi aggancia l'avambraccio dietro al sedere e mi solleva dal ripiano per portarmi in camera.

Quando mi distende sulla schiena al centro del letto,

m'innervosisco. "È, ehm, è passato parecchio tempo..." confesso.

Mi accarezza col palmo fra i seni e poi scende giù sulla pancia, un tempo piatta. Adesso la pelle è troppo lassa e ho ancora le smagliature della gravidanza di quattordici anni fa.

"Farò con calma," mi promette. Mi tira via i pantaloncini con un gemito, quando vede che nel pomeriggio mi sono rasata. "L'hai fatto per me?" Mi bacia il monte di Venere, mi accarezza leggermente col polpastrello del pollice la fessura, ancora senza aprirmi, ma solo stuzzicandomi con un tocco da piuma. All'ingresso m'inumidisco tutta.

I muscoli interni si serrano, e rabbrividisco. "Be', non so cosa va di moda ultimamente e..."

Mi zittisce mettendomi un dito sulle labbra. "È perfetta. L'adoro, cazzo. È adorabile." Come a dimostrarlo, mi spalanca le gambe e s'inginocchia lì in mezzo per mordicchiarmi e baciarmi su per l'interno coscia.

Mi sfugge uno strillino. Si sistema un mio ginocchia sulla spalla e mi lecca dentro, tracciandomi l'interno delle labbra con la punta della lingua. Io mi stringo e piego a metà, spingendomi contro alla sua bocca dalla voglia.

"Oh-oh. Stai facendo la cattiva. Non comandi mica tu, eh." Mi agguanta i polsi per bloccarli a lato.

Oddio. Quando fa lo scemo è ridicolo, anche se adorabile. Ma quando fa l'amante prepotente... mi vengono le vertigini dal desiderio. La figa s'inonda, la pelle si fa febbricitante.

Channing se ne accorge. Leva il capo per rivolgermi un sorrisetto soddisfatto. "Vuoi uno che ti tolga il controllo, eh, Jewels? Così puoi lasciarti andare e godertela, per una volta." Abbassa la testa e fa vorticare la lingua sul clitoride.

Lo voglio? Il mio primo istinto è quello di negare. Ho bisogno del controllo. Mi aiuta a sentirmi al sicuro, capace e organizzata. Così mi sono laureata in Legge. Così ho cresciuto un bambino da ragazza madre che lavora.

Impossibile però negare che il mio corpo ha risposto quando mi ha bloccato le mani. Quando so che Channing fra le mie gambe farà quel che gli pare, e che non sta a me scegliere come e quando venire.

Forse aiuta anche col nervosismo. Con l'imbarazzo davanti all'intimità dopo il lungo periodo di secca. Non devo esibirmi: devo solo lasciare che prenda lui il controllo.

"Vuoi che ti leghi, Jewels?" Leva di nuovo la testa, gli occhi che luccicano di verde al buio. "Eh sì, credo proprio che tu voglia essere bloccata per bene."

Mi lecco le labbra, più eccitata di quanto avrei mai potuto immaginare. Channing mi tira i polsi al di sopra del capo e li blocca.

"Non muoverti." Fa il suo giochetto, e l'ordine mi riverbera in tutto il corpo.

Un orgasmo mi percorre. Così – senza contatto fisico. Solo con la profonda voce ringhiosa.

Channing fa scattare in su le sopracciglia, e mi riserva una faccia fintamente severa. "Ma sei già venuta?"

Lascio ciondolare la testa sul collo, il cervello in cortocircuito per via dello sfogo inaspettato. "No... cioè, sì. Oddio."

"Ti avevo detto che *potevi* venire?"

Mi sfugge una risata ansimante. A questo si gioca adesso?

Muoio...

Adoro questo Channing. Sono tutta viva. Vibrante. Vogliosa di ogni singola depravazione cui voglia sottomettermi.

"Scusa... anzi, macché scusa." Rido quando va a grandi passi al cassettone e apre il cassetto.

Torna con un calzino alto fino al ginocchio, che usa per legarmi i polsi insieme.

"Macché scusa? Mi sa che cambierai presto idea." Mi rotola sulla pancia e mi rifila uno schiaffone sul sedere, abbastanza forte da farmi saltare e strillare.

"Ahi." Rido e mi divincolo per averne ancora.

Me ne dà altri tre forti, poi mi fa scivolare le dita fra le gambe. Sono così bagnata e umida che mi affondano dentro, guidate dalle mie carni paffute.

"Mmm, non ti dispiacciono neanche le punizioni, vedo. Sto scoprendo un sacco di cose che non sapevo su di te." Il pollice scivola nella spaccatura del culo per sistemarsi sull'ingresso posteriore mentre mi mordicchia la spalla.

Trasalisco, strizzandomi tutta. Il tocco oltremodo intimo mi fa andare ancora più su di giri, malgrado mi divincoli per sfuggirgli.

"Ah-ah," mi rimprovera lui, premendo contro all'ano mentre le altre dita si arcuano dentro e fuori dal mio ingresso fradicio.

Sono pronta a venire ancora. Chissà se è perché non andavo con qualcuno da tanto tempo o...

No, è Channing.

È un maestro, e il mio corpo risponde come gli appartenesse.

Con le braccia legate sopra alla testa, ho la faccia schiacciata nelle lenzuola. Mordo il piumone, rotolando e serrando i fianchi.

"Sto per venire di nuovo," lo avviso.

"Invece no." Usa *la* voce. Mi fa formicolare tutta al di sotto della vita.

"Ti prego, Channing."

Continua a esplorarmi il canale bagnato massaggiandomi il buchino posteriore. "Mmm. Mi piace farti implorare."

"Ti prego. Oddio, ti prego."

"Cosa ti serve, Jewels?"

Lui più in profondità. O di più sul clitoride. O che mi dia solo il permesso... aspetta, ma davvero voglio il permesso per venire? Io? La maniaca del controllo?

Eh, mi sa proprio di sì. Ho completamente ceduto il controllo a Channing, ed è una meraviglia. Sono lieve e libera. Persino stordita dalla lussuria.

"Ancora," intono. "Ne voglio ancora."

Estrae le dita dal mio canale bagnato per passarmele sul clitoride. Vengo percorsa da un brivido. Manca pochissimo...

Ma non mi darà ciò che voglio. Ciò di cui ho bisogno.

"Ho bisogno di venire," lo imploro. "Ti prego, Channing."

E poi arrivo a ciò di cui ho davvero bisogno. A ciò che il mio corpo brama disperatamente.

"Ho bisogno di te."

Il ringhio soddisfatto di Channing esplode nella stanza. Ritira le dita per schiaffeggiarmi il sedere. L'avvertimento, forse, che volere lui vorrà dire brutalità. Tumulto.

Non vedo l'ora di provare la totale dominanza di Channing. Di vedere cosa succede quando l'affascinante e flemmatico Channing svanisce, e scorgo il predatore dietro a quelle fossette.

Sento un frusciare di abiti quando sguscia fuori dai jeans, e poi mi sale sopra. "Metto il preservativo," dice, e odo lo strappo della confezione di alluminio. "Divarica le gambe, Julia." Usa il comando alfa. O almeno così credo. Il particolare timbro di voce che mi indebolisce il corpo fino alla resa. Che mi bagna tutta di desiderio.

Le allargo. I capezzoli strusciano fastidiosamente sul piumone. Ho le braccia ancora tese, spalancate sopra alla testa.

"Brava." Il caloroso rimbombo mi fa percorrere tutta da brividi.

"Ti prego," mi lagno. Ormai imploro senza vergogna.

Mi stringe il culo con tutte e due le mani, ruvido e possessivo. Mi separa le natiche e per un attimo non si muove, come si stesse abbeverando della visione di me aperta e a lui esposta. "Che carina, cazzo," ringhia.

Le riserve di prima, i timori sui miei quasi quaranta, sul corpo post-gravidanza o sulla mia capacità di entrare in intimità con una persona nuova... evaporano.

Channing mi fa sentire bellissima.

Sollevo i fianchi, come a invitarlo; inarco le reni ancora di più.

"Fra poco ti scopo quel bel culetto," giura Channing divaricandomi ulteriormente con i gomiti e infilandoci in mezzo l'uccello.

"Sì." Praticamente piango quando ne struscia la cappella sui miei succhi viscidi.

"Hai bisogno di me qui?" Continua a stuzzicarmi senza penetrarmi; si limita a massaggiarmi la fessura.

"Sì."

M'infilza con un'unica spinta gloriosa e appagante.

"*Dio*, sì." È grosso e lungo e troppo, ma perfettissimo.

"Di questo avevi bisogno, Julia? Di una lunga e bella sgroppata sul mio pisello?"

Sono allargatissima con lui, arata. Quest'unione di corpi, questo accoppiamento è cruciale e necessario. Come fosse ciò che mi mancava da tutta la vita. "Sì. Channing."

Si ferma, e quasi muoio. Poi mi penetra forte e in profondità con uno scatto di fianchi. "Ridillo." Ha la voce che è pura carta vetrata.

"Sì," faccio io, poi capisco cosa intende. *"Channing. Sì, Channing."*

"Quale cazzo ti serve?" Un'altra spinta brutale e si ferma.

"Il tuo. Ti prego."

E poi scoppia. Ne sento il sospiro brusco mentre scaglia il pugno accanto alla mia testa per agguantarmi la nuca e tenermi giù, neanche fossi una bambola gonfiabile. "Ti darò ciò di cui hai bisogno, Julia."

Mi monta, trovando un ritmo da orgasmo – abbastanza forte, abbastanza veloce. Abbastanza brutale.

Potrei venire da un momento all'altro, ma aspetto.

"Channing...Channing," cantileno.

Ogni volta che pronuncio il suo nome, gli sfugge un gemito. Come se avesse su di lui un effetto fisico.

"Devi venire, Julia?" Ha una voce tanto profonda, tanto animale che comprendo a malapena le parole.

"Sì," singhiozzo. Sono disperata. Ma non vorrei mai che finisse. È troppo bello.

È tutto ciò di cui neanche sapevo di aver bisogno.

Channing esce, e mi sfugge un lamento deluso. Mi fa rotolare sulla schiena.

Faccio per prenderlo con le mani legate, ma lui me le blocca di nuovo sul letto salendomi su.

"Voglio vederti in faccia quando vieni, bellezza. Ma non prima che lo dica io. Chiaro?"

"Sì." *No.* Non è chiaro per niente, ma al momento direi qualunque cosa per potermi sfogare.

"Brava."

Direi qualsiasi cosa per un altro *brava* da parte di Channing. Non sono una bisognosa di approvazione, ma ogni volta che dice così mi si accende dentro una fiammata che mi scalda dall'interno.

Mi solleva le gambe per sistemarmi le caviglie sulle sue ampie spalle muscolose. Allinea la cappella dell'uccello al mio ingresso e ci si ficca dentro.

"Sì!" grido. La sua breve assenza adesso rende il tutto ancora più incredibile e appagante. "Ti prego, Channing."

"Non ancora, Jewels." Ha comando nella voce. Mi accende ogni terminazione nervosa del corpo. Mi penetra nelle ossa.

Mi reclama.

Mi reclama con la *voce*.

Se così ci si sente a essere reclamata dal timbro della sua voce, come sarebbe esserne reclamata pienamente?

Ma no, non sono ancora pronta. È troppo.

I pensieri partono a briglia sciolta, sprigionati dal delizioso peso della mano di Channing sui polsi, dai suoi fianchi che sbattono contro ai miei. Dal suo grande e meraviglioso uccello che scivola dentro e fuori di me.

"Ancora," lo imploro, anche se mi sta già sbattendo ben bene.

Mi spinge le gambe dietro alle spalle per mettermi nella posizione dell'aratro, e si leva su di me; adesso a ogni spinta mi tocca fino in fondo. "Adoro lo yoga," ringhia. Nessun occhiolino e nessun barlume delle fossette. Ormai è decisamente oltre.

E adoro vederlo così. Fra i morsi della passione. Per me. Distrutto su di me.

Rallenta, mi ruota sul fianco e mi preme un ginocchio sul petto per tenermi in posizione. L'angolazione è deliziosa, così come sentire Channing modellarsi contro alla mia schiena mentre con una potente mano mi si aggrappa al retro della coscia con tale forza da lasciarmi il livido.

Ansima ringhi sincopati. Mi monta con maggiore potenza.

"Channing..."

"Ridillo." Ha il fiato corto. Le parole sono spezzate. Le sillabe mozze.

"Channing."

"Ancora una volta."

"*Channing.*"

Spinge selvatico e brutale. L'uccello va a fuoco. "Vieni per me, Julia." S'infila dentro e se ne resta fermo chiudendomi i fianchi addosso nel violento orgasmo.

Io gli strizzo e agguanto il pisello coi muscoli interni. Tutta brividi e scossoni, vengo percorsa da un'ondata dietro l'altra di un piacere che mi sono decisamente guadagnata.

"Channing," mormoro per l'ennesima volta quando addolcisce le spinte e fa scivolare in su la mano per stringermi il seno mentre veniamo travolti insieme dalle scosse di assestamento. Mi cavano fuori un ultimo spasmo, e tremo.

* * *

Channing

Esco e butto il preservativo nel cestino accanto al letto per prendere poi Julia fra le braccia.

Non sono un coccolone. E neanche uno da bum-bum-e-grazie-tante. Sono rispettoso. Do alle donne ciò di cui hanno bisogno. Gli tiro fuori il diavolo che hanno dentro con tutto il mio fascino, prima di andarmene.

Ma stringere Julia dopo il sesso è un *onore*, cazzo.

Lo scopo stesso della vita.

Più di quanto meriti. Tutto ciò che bramo.

Non marchiarla è stato un tormento di merda, ma ho tenuto le mandibole sigillate. Ho impedito alle zanne di segnarle le delicate carni umane.

Non sta a me reclamarla.

Nella mia mente, e sicuramente anche nella sua, appartiene ancora a Geoffrey. E dato che lo so non riesco a superare il senso di colpa e l'inadeguatezza che il desiderio evoca in me.

Però posso darle piacere. Posso lenire il suo fardello, finché sono qui. Dare a Geo la guida che gli serve.

Non rimarrò più lontano così a lungo. Accidenti, potrei venire a Flagstaff da Taos in auto ogni settimana, lo volesse. Ma avventurarsi nel territorio di Geoffrey – marchiarla come mia – non sarebbe giusto.

Inoltre... sono sicuro che la cosa non verrebbe accolta bene.

Mi ha appena perdonato per essere stato uno zio di merda.

"Che stranezza," mormora, le morbide labbra contro al mio petto.

"Già." Ho capito dalla confessione di prima che dopo Geoffrey non era stata con nessun altro.

In parte mi sento uno stronzo per essermi intromesso in tanta lealtà. Però merita piacere. Merita un uomo su cui fare affidamento. Un partner. Anche se meno prezioso e onorevole del pacchetto-Geoffrey.

E non sono neanche il miglior ripiego in circolazione, perché non mi avvicino neanche lontanamente a mio fratello. Ogni singolo maschio del mio branco probabilmente è più degno di una femmina come Julia, rispetto a me. Però qui ci sono io. Ci sono io, e per lei ucciderei e morirei.

E per proteggere lei e Geo farei qualsiasi cosa.

Le bacio i capelli, inspirando il suo profumo di lavanda e lillà.

"Strano ma bello," dice, e il mio cuore ha uno scossone.

"Bellissimo." Non so come, ma riesco a tenere la voce uniforme.

Il lupo mi sprona a insistere, ma lo ignoro. Per il momento basta. La mia compagna è fra le mie braccia. Nuda. Sazia. Venerata.

Non reclamata, ma quello può aspettare.

Per questa femmina aspetterei anche tutta la vita.

Capitolo Nove

*J*ulia

Martedì mi alzo prima di Channing e indosso una vestaglia calda. Per non svegliare nessuno m'infilo le scarpe da casa per uscire sulla pedana a guardare l'alba.

Oggi è l'anniversario della morte di Geoffrey. Non so se Channing se lo ricorda. Geo sicuramente no. Di solito non faccio chissà che.

In quattro giorni Channing ha stravolto il mio mondo. In senso buono. Al mattino mi prepara il caffè, porta Geo a scuola. Ha invitato quel suo amico mutante, Buddy, e insieme hanno depennato dalla lista tutti i lavoretti casalinghi accumulatisi negli anni.

Buddy è un personaggio strano, un tipo enorme che guida una vecchia e malmessa Charger. Ha i capelli folti e neri, eccetto per una striscia bianca proprio al centro. Vorrei sapere che tipo di mutante è, ma non so se sia educato chiederlo. Quando l'ho conosciuto mi ha fatto timidamente l'occhiolino senza dire una parola; in silenzio, ha aiutato Channing a sostituire tutte le finestre di casa.

"Non è un gran chiacchierone," mi ha detto poi Channing. "Ma nella sorveglianza è il migliore."

"Lo usavi per tenerci d'occhio?"

Mi rivolge un sorriso ambiguo. Protesto, ma nel profondo adoro che si sia dato tanto da fare per proteggerci. Per prendersi cura di me.

Ha riparato ogni cosa rotta di casa.

Inclusa la mia vita sessuale.

Eccola, la parte più incredibile. Mi fa urlare ogni notte dal piacere. Ieri mi ha tenuta sull'orlo dell'orgasmo per più di un'ora prima di ordinarmi di venire, finalmente.

Non ero mai esplosa così in tutta la mia vita.

Con Geo è fantastico. Verifica che faccia i compiti. Lo porta fuori a correre dopo il crepuscolo. Dice che ormai sa passare dalla forma umana a quella di lupo senza aiuto.

Il che mi rende ansiosa.

Perché non so quanto rimarrà ancora. Ha detto che sono la sua compagna, ma non abbiamo mai parlato delle implicazioni della cosa. Di ciò che vuole.

Probabilmente comunque è troppo presto. Ci stiamo riscoprendo.

Oggi però l'atmosfera ha una patina densa e fitta.

Di solito trascorro l'anniversario della morte di Geoffrey all'aperto, in passeggiata. Nel bosco dove adorava correre. Ogni anno si fa al contempo più facile e più difficile. Più facile perché il dolore allenta la presa. Ma più difficile perché il suo ricordo svanisce ulteriormente. Non voglio lasciar andare tutti i piccoli ricordi che mi colpivano e facevano soffrire. Voglio tenerli per sempre. Onorare tutto ciò che è stato Geoffrey per me.

Quest'anno però non so cosa pensare.

C'è Channing. Ci sono andata a letto. Svariate volte.

Mi sento sleale nei confronti del ricordo di Geoffrey, ma non del tutto in errore.

La porta si apre silenziosamente alle mie spalle, e Channing esce con addosso nient'altro che i boxer.

"Ehi." Parola dolce. Pregna di preoccupazione.

Allora se lo ricorda anche lui.

Viene ad abbracciarmi da dietro. Tiene una mano chiusa.

La apro io, e trovo le piastrine militari di Geoffrey. "Dove le hai trovate?" Gliele prendo di mano per girarle. Vederle mi trafigge proprio al centro del corpo. Fu l'esercito a portarmelo via.

"Le presi quando morì. Avevo... avevo bisogno di qualcosa di suo che mi ricordasse che tipo di uomo volevo diventare." Gli sento un mare di dolore e rimpianto nella voce.

Gli ridò le piastrine. Non mi giro, perché sono già fin troppo scossa. È più facile parlare senza guardarsi negli occhi. Uniti, ma senza l'aggiuntiva intensità del faccia a faccia.

Guardo il cielo passare dalle sfumature di grigio a quelle rosa e arancioni.

"Sarebbe molto fiero della persona che sei diventato, Channing."

Si schiarisce la gola. "Non saprei."

Adesso mi giro. Per forza. Culla ancora l'idea di non essere all'altezza?

E – *oddio* – che gliel'abbia rinforzata io trattandolo come il solito coglione quando è venuto da noi? Uno stretto laccio mi strizza i polmoni.

"Perché dici così?"

Fa spallucce. "Non sono Geoffrey. Non sono il capo della squadra. Mi svendo. Ho lasciato l'esercito per fare il mercenario. Sono ancora quello da invitare a una festa, non quello con cui imbarcarsi in una conversazione seria."

Mi si serra la gola. "Channing... magari non sei costretto a essere Geoffrey. Dovresti essere tu."

Chiude gli occhi con uno scossone della testa.

Gli prendo la faccia nelle mani. "Dico sul serio," faccio io, e con ferocia sufficiente da fargli aprire le palpebre. "Non sei Geoffrey. Pensi in maniera diversa. Hai fatto scelte diverse nella vita. Ma ciò non significa che tu sia meno coraggioso. O che tu non abbia buon cuore. O meno onore." Persino mentre lo dico mi vengono in mente esempi in cui gli è inferiore, e lo sappiamo entrambi. Comportamenti per i quali l'ho biasimato, e per cui pare incolparsi lui stesso. "Senti, Channing. Ero arrabbiata perché ci avevi abbandonati, sì. Adesso però capisco che non è stato così. Ci osservavi sempre. Spedivi denaro. Installasti l'allarme. Che altro hai fatto di cui non sono neanche al corrente?" Lo domando d'impulso, sperando di fare presa.

Leva lo sguardo verso il margine del bosco, dietro di me. "Comprai la terra per far correre Geo."

"Cosa?" Mi giro a guardare la riga di alberi.

Annuisce.

"Acquistasti *tu* il terreno?"

"I lupi hanno bisogno di spazio per correre. Ce l'avevi, ma temevo saltasse fuori qualcuno che volesse costruirci su, quindi mi sono assicurato di evitarlo."

Mi bruciano gli occhi di lacrime. Lo cingo e gli poso la guancia sul petto. "Visto?" La mia voce vacilla. "Sei una versione diversa di Geoffrey. Più giovane e più scapestrata, dal cuore rimasto intatto. Mi disse che per noi ci saresti sempre stato, e così è. Solo che non lo sapevo."

Mi massaggia la nuca. "Ti disse che ci sarei sempre stato?" Ha la voce roca.

Annuisco. "Mi lasciò una lettera in cassaforte. La trovai qualche mese dopo l..." Mi manca il fiato.

"Cos..." Si schiarisce la gola. "Cosa diceva?"

* * *

Channing

Mi prende per mano. "Vieni. Leggila tu stesso."

Mi conduce in camera, dove recupera una lettera piegata dall'ultimo cassetto del portagioie. Vi lascio cadere le piastrine. Deve tenerle lei.

Per scrivere usò il foglio giallo di un taccuino – semplice e diretto, come Geoffrey. L'inchiostro sulle righe ormai è sbiadito. I margini sono stracciati e lisi, come se Julia l'avesse presa per leggersela almeno un centinaio di volte.

Mi tremano un po' le mani nel toccarla.

Geoffrey per me era come un padre. Quello vero era un pigro coglione egoista, e la mamma non la ricordo neanche; se ne andò quando avevo cinque anni. Venivamo da un arretrato branco del Kentucky la cui principale fonte di sostentamento era l'illegalità.

Geoffrey voleva migliorarsi, quindi partì per entrare nell'esercito. Ciò volle dire che ebbi poca supervisione. All'età di Geo ormai già ero un selvaggio. Rubavo auto. Appiccavo incendi. Scatenavo inferni qua e là. Riuscivo a cavarmela a suon di chiacchiere la maggior parte delle volte in cui mi cacciavo nei guai, ma a scuola ero un disastro. Quando lo scoprì mi portò a vivere in Arizona con lui, malgrado avesse una nuova compagna e un cucciolo. Mi permise di starmene qui e mi introdusse nella loro nuova vita. Per allontanarmi dalla tentazione dei problemi e darmi l'occasione di migliorarmi.

Penso a malapena a papà e al branco di origine, ma

penso continuamente a Geoffrey. Alle lezioni che mi impartì. Alla sua protezione. All'affetto.

Liscio la carta raggrinzita e la scorro. È per Julia. È una manifestazione dell'amore che provava per lei e il cucciolo. Del rimpianto, perché non gli è stato possibile rimanere a prendersi cura di loro. Contiene dettagli pratici – password e l'assicurazione sulla vita.

E poi c'è il brano su di me.

Fidati di Channing. Tiene a voi quanto me, e so che ci sarà sempre. È l'unico maschio di cui mi fido: vi proteggerà e provvederà a voi.

Mi bruciano gli occhi, e batto forte le ciglia. Un'ondata d'affetto e dolore mescolati delle dimensioni di una montagna mi sconvolge.

E rimpianto. Perché non ho provveduto né protetto Julia e Geo come avevano bisogno.

Credevo di fare la cosa giusta ma, come al solito, ho combinato un casino.

"Julia..." Mi manca l'aria. "Vorrei non avere fatto un casino."

"Non hai fatto nessun casino, Channing." Mi cinge la vita e modella il corpo contro al mio. "Ero ferita perché non capivo. Ma eri solo un ragazzino. E soffrivi anche tu. Hai fatto il meglio che hai potuto. E per questo ti voglio bene."

Cerco invano di deglutire. Il cervello impazzito si scaglia contro ogni parete nel tentativo di capire se mi vuole bene come a un cognato o in altro modo. Di più.

E sembra sbagliato anche solo sperarlo, il giorno del ricordo di Geoffrey.

Ma il profumo di lillà e lavanda mi si è infilato nelle narici, facendomi impazzire. E poi ormai ho finito da un pezzo di fare il fratello.

L'accarezzo giù per la schiena, fino a modellare le mani

sul suo bel culetto stretto da yoga. Lo stringo, trascinandole i fianchi su contro alla mia gamba perché mi cavalchi la coscia, perché vi si strusci contro mentre mi chino per baciarle il collo.

"Ti va?" mormoro, perché voglio mostrarle rispetto. E poi oggi potrebbe anche sentirsi in colpa.

Ma la risposta diventa chiara quando m'infila una mano sotto all'elastico dei boxer per affondarmi le unghie nella natica.

"Ah sì?" La sollevo e lei mi avvolge le gambe attorno alla vita e le braccia al collo. Mi bacia, come famelica. Come avesse bisogno di me quanto io ho bisogno di lei.

La butto sul letto e le monto sopra, tirandole giù la vestaglia dalle spalle. Lei scalcia via le pantofole, e io mi libero dai boxer. Di solito sono un amante attento, ma ho ancora il cuore in gola, sono ancora preda di una cruda tensione. Ho bisogno di Julia come del mio prossimo respiro.

Prima ancora che ne abbia intenzione, mi infilo dentro, e giungo a destinazione. In un luogo in cui guariremo entrambi. Dalla morte di Geoffrey. Dalla prossima separazione.

Mi si aggrappa alle spalle segnandomi la pelle con le unghie, le caviglie agganciate alla mia schiena per tirarmi a sé. Avanti. Rivoltandoci come calzini con un ritmo assurdo. In una bramosa scalata.

"Ho bisogno di te," rantola, come dando voce ai miei stessi pensieri.

"Sono qui. Per sempre, Julia. Sono tuo."

Ha le lacrime agli occhi, ma non riesco a rallentare abbastanza da baciargliele via. Da chiederle se sta bene. Se ha bisogno di altro, oltre a questa urgente unione. A questa necessaria comunione di due cuori spezzati, ma legati.

I nostri fianchi si muovono in concerto, i suoi sollevandosi verso i miei per poi abbassarsi sotto la forza delle spinte, e poi risorgere di nuovo. Ho la sensazione che adesso il mondo intero si stia serrando.

Il suo volto, incorniciato dalle mie mani posate sul letto.

Il suo sguardo lacrimoso, incollato al mio. Come stessimo cavalcando l'occhio del ciclone insieme.

"Ne ho bisogno," ansima. "Ho bisogno di te."

Ogni volta che lo dice, una ferita che mi porto dietro guarisce.

"Anch'io ho bisogno di te." Mi si allungano le zanne per marchiarla, ma tengo le labbra chiuse. Inspiro a fatica dalle narici per tenere a bada l'istinto.

Viene, agguantandomi l'uccello coi muscoli. Mi ruotano gli occhi dietro alla testa. Mi si serrano le palle.

E poi ricordo di non aver messo il preservativo, quindi esco per venirle sulla pancia. Per marchiarla in modo temporaneo.

Non basta.

Per il lupo.

Dovrò reclamarla a breve. Altrimenti meglio andarsene.

Capitolo Dieci

Channing

La sera seguente mi vibra il telefono. Io e Buddy abbiamo trascorso le ultime ore ad armeggiare con l'auto di Julia, e siamo appena rientrati per darci una lavata e farci una birra. Rispondo in automatico ed esco sul portico.

"Come va la missione?" chiede Deke.

"Bene," faccio io, perché non ho nessuna voglia di entrare nei dettagli. Tecnicamente ho fatto ciò che dovevo: aiutare mio nipote nelle prime tramutazioni finché non avesse acquisito sufficiente sicurezza da arrangiarsi. Ma a ogni minuto che passa l'idea di andarsene si fa più agonizzante. Come faccio, dopo che Julia mi ha detto di aver bisogno di me? Deke però non mi chiamerebbe mai per tenermi d'occhio. Non è tipo da chiacchiere. "Che c'è?"

"Abbiamo novità su Hannibal."

"L'avete trovato?"

"Non ancora. Ma ci sono prove che abbia parlato con altri ragazzini su chat private."

"Per indurli a partecipare al club di lotta?" Sorge il lupo, che mi rende la voce ringhio. Questo Hannibal dev'essere fermato.

"Non ne siamo sicuri. Kylie sta ancora indagando sull'app. Anche Jackson, ma da un altro punto di vista. Vuole capire chi la finanzia."

Mi raggela il sangue. Jackson King gestisce un'azienda d'informatica e cybersicurezza con sede a Tucson. Se non sa chi l'abbia creata, allora non si tratta di un mutante. Perciò i mutanti adolescenti parlano in una chat room ben poco sicura gestita da esseri umani.

E i mutanti adolescenti non sono noti per la discrezione. Potrebbero tranquillamente tradire l'intera comunità con qualche post. "Ci sono dietro degli umani? O una sanguisuga? Un drago?" Draghi e vampiri hanno i miliardi necessari a finanziare una startup.

"Ancora non lo sappiamo. All'inizio credevamo fosse un altro ragazzino mutante, ma la sicurezza è troppo buona. Kylie ha problemi ad hackerarla. Ma ce la farà. Sta cercando di individuare i luoghi dai quali scrivono alcuni utenti, incluso Hannibal."

Ho estratto gli artigli. Me li affondo nel palmo. "Quando arrivate a Hannibal, fatemelo sapere."

"Certo. Tieni gli occhi aperti. Potrebbe essere ancora in zona."

Lo spero. Mi piacerebbe fargli due domandine personalmente.

Metto il telefono in tasca e rientro giusto in tempo per sentire Geo chiedere a Julia, "Mamma, posso andare a un club di lottatori?"

Oh, cazzo. La testa di Julia scatta a me mentre gli domanda, "Un cosa?"

"Un club di lottatori. Per mutanti. Lo gestiscono degli

amici di Channing. Si ritrovano momentaneamente a Flagstaff."

Merda. Sollevo le mani. "Ha origliato mentre parlavo con Buddy."

Mi rifila uno scossone del capo, però mantiene gentilezza nella voce. "No, non mi sembra una buona idea."

"Ok." Geo fa spallucce. "Ci andrò quando avrò compiuto i diciotto."

Scusa, dico muovendo solo le labbra a Julia mentre scostiamo le sedie. Ha preparato la pasta, e ha invitato Buddy a rimanere, dato che le stiamo riparando la macchina.

Dopo quattro piatti di spaghetti, butto il peso all'indietro, tenendomi in equilibrio su due gambe della sedia. Dallo sforzo mi si contraggono gli addominali. Al capo opposto del tavolo Geo fa lo stesso, oscillando e reggendosi al margine della tavola finché non trova l'equilibrio. La gioia gli lampeggia negli occhi.

Julia è decisamente meno contenta. "La piantate, per piacere?" Molliamo giù le gambe anteriori con un tonfo. "Grazie. Vi siete divertiti oggi?"

"Oh, sì," fa Geo. "Channing mi sta insegnando a guidare. E anche ad avviare l'auto coi cavi."

Julia fa scattare in su le sopracciglia. "Prego?"

"Non si può mai sapere quando si avrà bisogno di una fuga su quattro ruote." Geo ha ripetuto la mia battuta parola per parola.

Mi scappa una smorfia.

Julia serra le labbra in un modo che mi fa capire che più tardi dovrà dirmi due paroline. L'ennesima voce alla lista dei miei peccati.

"Come quando eri a Bangkok," continua Geo. "In missione. E ti sparavano."

Julia inspira forte.

"Non ero a Bangkok," faccio io. "E non ci sparavano. Volevano solo... fare due chiacchiere. Armati."

"Ne deduco che gli hai raccontato di alcune missioni." Julia non sembra contenta per niente.

"Almeno quella volta non sparavano proiettili d'argento," blatera il ragazzo. "I mutanti si ammazzano, sai. Come quella volta in Italia, quando spararono a Rafe..."

"Geo," borbotto, e mi passo una mano davanti al collo nel gesto di *dacci un taglio*.

"Be', comunque a scuola è andata bene," mormora, e si arrende.

"Channing," fa Julia. "Temo che insegnargli a guidare o a maneggiare cavi non rientri negli insegnamenti richiesti da un mentore."

"Vero. Scusa."

Inspira e sospira. "La prossima settimana parto. Mi fermo una notte a New York." Si volta verso Geo con tono dispiaciuto. "Se potessi evitarlo, lo farei."

"È un viaggio di lavoro?" Tengo la voce disinvolta, ma il lupo vorrebbe ululare. "Con Van de Cul?"

Geo sogghigna, e Julia mi rivolge un uno sguardo sprezzante. "Van den Berg," mi corregge, come fosse stato un errore in buona fede. Buddy tiene la testa china, tutto concentrato sulla masticazione del secondo bis, ma so bene che sta assorbendo ogni singolo dettaglio della conversazione, che potrebbe ripetere parola per parola. "Geo, tu starai da Justin, come l'altra volta."

"Non posso rimanere qui con lo zio Channing?"

Incrocio lo sguardo della madre e le rivolgo un cenno sottile del capo. Ovviamente mi sta benissimo. Mi piacerebbe un sacco trascorrere un po' di tempo da uomo a uomo col cucciolotto. Gli ho già insegnato a cambiare l'olio della macchina di Julia, e gli ho preso rasoio e crema da barba per la peluria che gli cresce sul labbro superiore.

"Magari la prossima volta," fa lei.

Ahia.

Non dovrei infastidirmi. Per il fatto che non mi creda abbastanza fidato da restare con Geo, intendo. Per il fatto che non si fidi di me. Lo capisco – non sono il miglior modello al mondo.

Mi rivolge uno sguardo dispiaciuto. "Così è più facile, dai. Può attenersi alla sua solita routine. Mi sono già messa d'accordo con la madre di Justin." Torna a Geo. "Vi verrà a prendere a scuola."

"Ma..."

"Va bene così," dico. Perché il mio lavoro consiste nel semplificare la vita di Julia, non nel complicargliela. "Resta col tuo amico. Se ti serve qualcosa, basta chiamarmi."

Il sollievo che le passa per il viso non dovrebbe essere tanto profondo.

Cazzo.

Mi sarò anche guadagnato il suo perdono, ma non mi sono dimostrato degno.

Ed è probabilissimo che non accada.

Julia

Channing lava i piatti con Geo, poi mi becca in ufficio, mentre sto terminando le email dell'ultimo minuto.

"Ho quasi finito di riparare l'auto. Posso completare il lavoro per il tuo ritorno. Ti posso accompagnare in aeroporto."

"Non serve. Il capo mi manda una macchina. Andiamo col suo jet."

Inarca le sopracciglia. "Be', ma quanto se la tira questo mister Burns..." Gli scocco un'occhiata che dice *Piantala.* "Non mi piace."

"Interessante. Perché a lui non piaci tu."

Si appoggia alla porta, per nulla infastidito. "Sei arrabbiata con me."

"Non sono arrabbiata, solo che..."

"Perché ho insegnato a Geo a guidare? O per la questione dei cavi elettrici? O perché gli ho parlato delle missioni?" Mi fa la sua faccia da *vabbè*, che mi rende impossibile rimanere seccata.

Qualcuno però dovrà pure tracciare dei confini, perché è chiaro che Channing non sa cosa sia appropriato per Geo. "Per tutte le ragioni già menzionate. Fammi un favore: salta le lezioni sulla criminalità e aiutalo col lupo. Lascia il ruolo di genitore normale a me."

L'espressione non cambia, eppure temo di averlo ferito. "Ricevuto, tesoro." Fa per venire da me ad abbracciarmi. Sembra aver scacciato le dure parole che mi sono scappate sul ruolo di genitore, però mi sento in colpa. Soprattutto visto che so che lo fa soffrire vedersi come un disastro.

Ma Geo è mio figlio. *Mi vida.* Tutto per me. So che probabilmente sono iperprotettiva, ma devo. Sono una madre sola. Non ho né una comunità né un branco che mi aiutino a crescerlo.

Ho dei parenti, ma sono a Nogales, oltre il confine messicano. Non li vediamo spesso quanto vorrei.

"Lascia che aggiusti le cose, dai." Channing mi spara quel suo sorriso obliquo bagna-mutande, e il senso di colpa aumenta.

Mi fa scivolare le mani giù per modellarmele sul sedere. Io gli butto le braccia al collo e gli salto in braccio, sapendo che il mio peso non lo scaraventerà a terra. Mi fa sentire di nuovo giovane. Agile. Sexy.

Mi porta in camera, i bellissimi muscoli protesi e increspati quando mi distende al centro del letto. Non me ne sto buona a farmi fare tutto, però. Stavolta sono io l'aggressore. Forse per rimediare alla mancanza di fiducia nei suoi confronti. O all'eventualità di averlo ferito.

Mi alzo sulle ginocchia e gli strappo la maglia di dosso, poi mi tendo verso il bottone dei suoi jeans. Lui si leva gli stivali col fiato tremolante.

Mi meraviglia che questo giovane virile mi trovi tanto attraente. Che mi voglia persino dopo le offese. Gli apro la cerniera e impugno l'uccello trascinando la pelle verso la cappella, festeggiando quando nella mia mano si erge e allunga ancora di più.

Si sfila jeans e boxer, poi mi leva la camicetta e il reggiseno.

Lo tiro sul letto e lo stendo sulla schiena per salirgli sulle gambe e prenderglielo tutto in bocca.

"Oh, fato mio," gracchia nell'istante in cui gli tocco con la cappella con la lingua. Lo accolgo un paio di volte nella tasca della guancia, poi lo estraggo e ne lecco la punta. "Jewels."

Lo riprendo in bocca mugugnando in risposta, ne impugno la base e faccio scivolare la mano su e giù di concerto con la bocca, in modo che paia lo stia prendendo fino in fondo.

Mi agguanta la testa, afferrandomi i capelli brusco per poi mollarli e massaggiarmi il cuoio capelluto, come ricordandosi di usarmi delicatezza.

Lo adoro.

Adoro reazioni del genere. Dargli qualcosa a mia volta. Farlo sentire bene quanto lui appaga me.

Gli massaggio le palle con una mano e succhio forte, svuotando le guance.

Il suo respiro si fa rantolo sincopato. Dà uno schiaffone al letto, accanto alla gamba. "Salimi sopra, Jewels," ansima. "Voglio che vieni con me."

Rallento; gli lecco le palle, tracciando la vena inferiore dell'uccello. Poi mi alzo dal letto per sfilarmi i pantaloni della tuta.

Channing prende un preservativo dal comodino e lo srotola. Si è rimesso in ginocchio, ma io lo spingo dal petto, costringendolo – ah, come fosse possibile – sulla schiena.

Obbedisce, con gli occhi verdi che luccicano al buio.

Gli salgo sopra e scendo sull'erezione senza bisogno di altri preliminari che il pompino. La sua eccitazione mi eccita. I muscoli interni si serrano di soddisfazione e Channing ringhia, tendendosi verso i miei fianchi per tirarmi giù. Perché lo prenda più in profondità.

"Oddio." Lascio ricadere le mani sulle sue ampie spalle e muovo i fianchi sui suoi, strusciando il clitoride contro ai suoi lombi.

Le sue dita si stringono sui miei fianchi, aiutandomi, spingendomi avanti e indietro, trovando un ritmo sostenibile. "Così, Jewels. Prendimi tutto. Rincorri il piacere."

Scaglio la testa all'indietro. Digrigno i denti. Immagino di essere una lupa che si prende ciò che vuole. Non so perché mi aiuti a sentirmi libera, ma funziona. Come potessi sguinzagliare il mio lato animale. Non che ce l'abbia. A differenza di Channing.

Struscio i fianchi sui suoi, sempre più viscida a ogni secondo. Sempre più selvaggia. E libera.

E poi non basta.

Channing sembra cogliere il momento in cui ho bisogno di cambiare perché, lesto, ci rigira tutti e due portandosi

sopra di me. In questa posizione mi monta di brutto, aggrappandosi alla testiera così forte da creparla, e deve quindi
spostare la mano per tenersi al muro.

E poi veniamo. Io raggiungo l'apice. Lui mi segue. La
camera gira. Si riempie di arcobaleni. Di polvere d'oro. Di
stelle cadenti.

Rallenta il ritmo, ma continua a oscillare finché non mi
ha tirato fuori l'ultima gocciolina di piacere. Persino dopo
averci girati sul fianco s'infila con calma dentro e fuori di
me, facendomi percorrere da altre scosse di assestamento.

Mi bacia teneramente sulla fronte. Come avessi valore
per lui.

"Scusami per Geo," mormoro al buio dopo che ha
buttato il preservativo, quando ormai mi sono accoccolata
contro al suo petto.

"Non fa niente," dice lui automaticamente.

Per una qualche ragione però, sono sicura del contrario.

Capitolo Undici

*J*ulia

Il mattino del viaggio di lavoro, arrivo alla piccola pista di atterraggio con il mio migliore completo, ossia camicetta di seta e gonna, rilassata dopo una cavalcata di primo mattino della lingua di Channing. È la prima volta che volo in jet privato, ma non riesco a entusiasmarmi. Vorrei essere a casa con Geo. E Channing.

Non sono trascorse che un paio di settimane, ma non riesco a immaginare la casa senza di lui.

"Da questa parte, prego," mi guida l'autista prendendomi la piccola valigia.

Espiro ed esibisco la faccia da professionista. Sono venuta per lavoro.

All'interno, l'aereo è lussuoso quanto previsto.

"Benvenuta a bordo." Van den Berg poltrisce su un divano con un bicchiere di scotch in mano. Mi fa cenno con la mano di accomodarmi, quindi sprofondo su una delle poltrone bianche di pelle. "Come sta il giovanotto?"

Ci provo, ma non mi riesce proprio di sorridere. "Mangia come non ci fosse un domani," scherzo.

Ride. "Apprezzo che abbia suggerito una riunione faccia a faccia. Spero che Geo se la cavi senza di lei."

"Ma certo."

"Ormai è abbastanza grande da rimanere a casa da solo?"

Esito. *Non mi piace*. L'avvertimento di Channing mi lampeggia in testa. I lupi sono protettivi di natura, ma hanno anche un buon istinto. Ricordo Geoffrey. Quando la pancia gli diceva qualcosa di negativo su qualcuno, di solito era a buon ragione.

Ma è il capo, che tra l'altro si comporta con educazione a chiedermi di mio figlio. Sono chiacchiere. Scaccio il disagio. "Oh no; sta da un amico." L'assistente di volo mi offre champagne, che accetto. Fingo di sorseggiarlo mentre l'ansia mi si gonfia nello stomaco.

"Quindi suo cognato è ripartito?"

Sono sicura che sono solo domande amichevoli, e di solito mi piace che si interessi della mia vita privata, ma per una qualche ragione oggi mi sembra un impiccione. Quindi resto sul vago. "C'è e non c'è. Ha orari flessibili sul lavoro."

Van den Berg beve con un cenno affermativo della testa.

Onde evitare domande aggiuntive, recupero il portatile e lo apro sul contratto da rivedere.

Channing

Geo è dall'amico. Julia è partita. Potrei uscire a correre, ma al lupo non va. Preferirebbe cincischiare per casa e crogiolarsi nel suo profumo. Qui è tutto troppo silenzioso senza quei due.

Meglio che mi ci abitui. Il lupo di Geo è quasi a posto. E da un giorno all'altro finirò col combinare una stupidata, e

Julia mi caccerà via. Non so cosa farò allora. Torno dal branco? Continuo con le missioni? Per una decina d'anni hanno funzionato, ma ormai non più. Ci vorrà il fato a tenermi una seconda volta lontano da Julia.

Intorno alle ventuno ricevo un messaggio. *Stasera club. Vieni?*

Il numero non è tra i salvati, ma so che probabilmente sono Trey o Jared su un usa e getta.

Stasera non posso, rispondo. *Faccio il babysitter.*

Il babysitter? Probabilmente è Trey, perché ci prendiamo per il culo di continuo. *Una mammina delle tue finalmente ti ha accalappiato?*

Sì, è proprio Trey.

Sorrido – non perché la mia reputazione di dongiovanni sia ancora saldissima, ma perché al lupo piace l'idea di Julia come mammina. Magari riesco a convincere qualcuno a definirla 'mia' sotto al suo naso. Ucciderebbe seduta stante chiunque osasse tanto.

Più o meno.

Devono essere disperate per chiedere aiuto a te.

Il sorriso svanisce, e metto in tasca il telefono. So che è una battuta, ma le battute fanno ridere solo perché covano un briciolo di verità. Persino gli amici sanno che non c'è da fidarsi a lasciarmi coi ragazzini.

Esco per lavorare all'auto. Ho bisogno di un altro componente per riparare la trasmissione, ma posso sistemare il resto con la torcia portatile. Buddy mi ha preso in prestito il furgone e ha lasciato la sua macchina parcheggiata all'altro capo della via chiusa. Tornerà con la pizza e il componente in questione.

Qualche ora dopo mi vibra il telefono per un altro messaggio. Quasi lo ignoro, perché sospetto sia Trey che mi tormenta. Il lupo stasera è irrequieto, incapace di calmarsi.

L'istinto mi porta a lanciare un'occhiata al messaggio. È di Geo. *Puoi venirmi a prendere?*

Il gelo m'inonda. Lo chiamo, e risponde al primo squillo.

"Ehi." Parla a voce bassa, come fosse una telefonata segreta.

"Che c'è?" Mi passano come lampi per la mente tutte le cose che potrebbero essere andate male. Il lupo si è scatenato e palesato alla famiglia. Geo è ferito. Geo ha accidentalmente ferito altri.

"Non lo so." Esita.

"Sei arrabbiato?" Il soggetto è il lupo, in realtà. "Hai dimenticato di fare i compiti?" *Devo fare i compiti* significa che il lupo è irrequieto e deve allontanarsi dalle persone, magari tramutarsi.

"Ho dimenticato le medicine." È il codice che gli ho insegnato per indicare che il lupo ha bisogno di recupero immediato.

"Ricevuto, Geo. Arrivo subito." Già scendo a grandi passi il vialetto. "Scrivimi l'indirizzo."

"Grazie. Cosa dico alla signora Meyers?"

Controllo il telefono. Sono le undici. "Spiego tutto io a lei e a tua mamma. Sgattaiola subito fuori."

"Ok. Penso di star bene."

"Meglio prevenire che curare. Fidati dell'istinto. Fammi un favore e chiama la mamma. Dille che hai dimenticato le medicine. Conosce il codice."

"Grazie, zio Channing."

"Figurati. Sei stato bravo, Geo. Richiamami, se hai bisogno."

Rallento avvicinandomi alla moto. Ho prestato a Buddy il furgone e all'auto di Julia mancano dei pezzi. Potrei prendere quella di Buddy ma non ha lasciato le chiavi, quindi dovrei armeggiare coi cavi. E comunque non ha molta benzina nel serbatoio, e il motore è pressoché inaffidabile. Vale la pena rischiare di tornare a casa puzzando tutti e due di erba?

Meglio la moto. Tanto non sono mica in lizza come genitore dell'anno. Quando lo scopre, Julia mi ammazza. Dovrà creare un proiettile speciale per arrecarmi un qualche danno, ma mica si fermerà per così poco. Scioglierà l'argenteria lei stessa.

Non importa. Devo portar via Geo da una situazione tesa.

Forse per questo è tutta la sera che il lupo è in tensione. Sapeva che c'era qualcosa che non andava.

Forse ho un buon istinto, dopotutto.

* * *

Accosto alla casa e prendo il telefono. Provo qualche volta a sentire Julia, ma parte subito la segreteria.

Geo scivola fuori dall'ombra adiacente alla casa con lo zaino. L'istinto che mi diceva che c'era qualcosa che non andava muore nel vederlo. È calmo e rilassato, non sta per nulla lottando contro al lupo. Forse vuole solo stare un po' con me.

Pensiero che mi fa esplodere nel petto una galassia di calore.

"La mamma si cagherà addosso," annuncia con un sorrisone mentre gli porgo il casco.

Gli restituisco il sorriso. "Circostanze estenuanti. Chiedi sempre perdono: mai permesso. Hai fame?"

Gli brontola lo stomaco abbastanza forte da risuonare per il vicinato. Forse per questo non è riuscito a dormire.

"Salta su, prima che i vicini ci prendano per spacciatori," dico, e ubbidisce. "Ci fermiamo a prendere qualcosa al cinese."

Correre in moto di notte è una delle cose che preferisco al mondo. L'aria fresca, il buio infinito... mi dà euforia.

Non che prevedessi di fargli fare il suo primo giro; ma vista l'emergenza tanto vale godersela, no?

Geo mi abbraccia e, come un professionista, si china in curva. Dovrei insegnargli a guidarla. È abbastanza grande da farcela. Da comprendere le misure di sicurezza. Non per la legge, ma chi se ne frega.

Siamo quasi al ristorante, quando scorgo un SUV nero svoltare nella strada alle nostre spalle. Non sarebbe nulla, se non che ne abbiamo uno identico davanti da quando siamo usciti dal quartiere.

Mi fermo al semaforo, e invece di girare verso il locale faccio un bel dietrofront.

"Ehi," mi strilla Geo nell'orecchio. "Il ristorante era lì."

"Cambio di programma." Il SUV all'inseguimento ci imita. Aveva ragione l'istinto. "Ci seguono."

Mi stringe forte la vita.

L'auto nera sa di essere stata beccata. Sfreccia più avanti, senza curarsi di nascondere le sue intenzioni. Da vicino è evidente che è truccata. Perché aggirarsi per le sonnolente strade di Flagstaff, in Arizona, con una macchina corazzata?

Ho una brutta sensazione. Bruttissima.

"Tieniti forte," dico a Geo, anche se già lo fa. Ingrano la marcia successiva e svolto dove non si potrebbe. La polizia sarebbe il minore dei mali. A questo punto potrebbe pure aiutarci. Posso lasciargli Geo e schizzare via seguito da questi qui.

Un altro SUV nero sfreccia fuori e raggiunge i primi

due. Ma chi sono? Hanno bei finanziamenti, visto che possono permettersi auto corazzate.

Mentre sfreccio per le vie e brucio semafori per seminarli, mi arrovello nel tentativo di capire perché mi abbiano preso di mira. Dopo tutte le missioni cui ho partecipato, tutto il sangue che ho versato e tutti i nemici eliminati... non mi viene in mente nessuno che possa seguirmi a questa maniera.

Non importa. Conta solo farne uscire vivo Geo.

"Cerco di seminarli," gli dico. "Tu tieniti forte."

"Ricevuto." C'è il seme del ringhio nella sua voce. Il lupo comprende il pericolo.

"Se mi schianto o veniamo fermati, devi trasformarti," urlo al vento, "e scappare più veloce e lontano che puoi, nella natura. Il lupo saprà cosa fare. Promettimelo, Geo."

"E tu?"

"Io me la caverò. Non appena possibile, chiamerò aiuto via radio."

Le manovre mi conducono in solitudine per la città. Schizzo giù per la via vuota cercando gli inseguitori. Sto per dichiararci finalmente liberi, quando davanti compare un altro SUV nero. Taglia di sbieco la strada e si ferma a cavallo della linea gialla per rispingermi fra le desiderose braccia dei suoi compagni. Come fossi un idiota.

Faccio finta di girarmi e all'ultimo sfreccio a lato, nella corsia d'emergenza. Superiamo il SUV fermo fra gli schizzi di ghiaia.

Procedo giù per la strada, ma non mi racconto mica di averli seminati. O hanno occhi in cielo o qualcuno mi rintraccia. Non avessi Geo addosso, cercherei droni.

E adesso? Non oso portarli a casa. Fossi solo avrei maggiori opzioni. Sarei più incauto, tanto per dirne una.

Ogni singola cellula del mio corpo è concentrata sul corpicino più piccolo avvinghiato alla mia schiena.

Servono rinforzi.

Aspetto una strada dritta ed estraggo il telefono. Premo il pulsante di emergenza, quello che accende l'SOS al centro di comando. Non posso fare troppo affidamento sul branco. Sono a miglia di distanza, a Taos.

Però in zona degli amici li ho. E stasera sono tutti radunati in un unico posto.

Julia mi ammazza quando scopre dove siamo andati. Ma lo scoprirà solo se arriviamo a casa sani e salvi.

Prendo la curva seguente, diretto alla zona commerciale abbandonata dove ci aspettano Trey, Jared e un mucchio di mutanti affamati di lotta.

* * *

Julia

La stretta al petto scema un pochino quando arriviamo alla casetta.

Smonto, rifiutando con uno svolazzo della mano l'aiuto che vuole darmi l'autista con la valigia. "Grazie," urlo, e risalgo il vialetto.

Chissà perché ho avuto tanta voglia di tornare prima. Ogni singolo istinto materno strillava in allarme rosso. Mi sono sentita una sciocca a prenotare all'ultimo un volo da New York – e senza neanche scrivere a Geo. Starà dormendo dal suo amico, e non volevo farlo preoccupare.

Ho condiviso un'auto con altri dall'aeroporto a qui. Mi è morto il telefono mentre ero in modalità aereo, e nella fretta di fare i bagagli ho lasciato il caricabatteria in hotel. Tutto mi diceva di correre a casa.

E adesso che ci sono, non va per niente bene.

Le finestre sono buie e tranquille, ma il faro che usa Channing per lavorare di notte è acceso, puntato sulla mia macchina. Pezzi e componenti di chiavi a bussola sono sparpagliati in giro. Non è da lui lasciare fuori l'attrezzatura. O sì? Mi sa che non lo conosco tanto bene.

Attacco alla corrente il telefono. Prende vita, e mi affretto subito a leggere i messaggi. Ci sono parecchie telefonate perse di Channing e Geo.

Premo il tasto di richiamata. Niente. Parte sempre la segreteria.

È passata la mezzanotte. Dove saranno? Il furgone è qui. Ma la moto no.

Lo ammazzo. Non appena capisco dov'è Geo.

Mi concedo un secondo per ascoltare il messaggio di mio figlio. *Ho dimenticato le medicine* – il codice insegnatoci da Channing, da usare in presenza di umani. Vengo trafitta dalla colpa. Avrei dovuto permettergli di rimanere a casa con Channing.

Un orribile brusio proveniente dall'esterno mi spinge alla porta. Buddy accosta vicino al marciapiede con la vecchia Charger.

"Buddy," grido. "Dov'è Channing? Dove ha portato Geo?"

Mi guarda battendo le ciglia. "Sono appena tornato. Non li ho visti."

Vengo percorsa da un brivido. È passata più di un'ora dal messaggio di Geo. Ormai dovrebbero essere qui. Che si siano tramutati nel quartiere di Justin per una corsa fino a casa? Tipo, boh, in trasformazione d'emergenza?

Mi abbraccio tutta, per i brividi. L'istinto mi urla addosso. C'è qualcosa che non va.

Prima di andare completamente nel panico, ricordo di

aver installato un'app di tracciamento sul telefono di Geo. Io vedo lui e lui vede me.

"Resta qui," ordino a Buddy, e corro dentro per massacrare lo schermo finché non trovo la mappa con la lucina lampeggiante. Non è né a casa del suo amico né nelle vicinanze. No, pare si trovi nella periferia di Flagstaff, una zona con cui non ho tanta familiarità. Lì non c'è nulla, se non magazzini. Non ho idea di dove Channing stia portando mio figlio, ma posso anche immaginarmelo.

"Ma io lo ammazzo…" ringhio agguantando il telefono. Marcio fuori, giù per il vialetto, verso il marciapiede, dove spalanco con un bello strattone la portiera del passeggero di Buddy. Si riversa giù un mucchio di lattine e incarti di cibarie, e pulisco con una passata della mano il resto del pianale per farmi spazio. "Portami qui," ordino indicando la mappa. "Subito."

* * *

Channing

Il vento mi sferza il viso quando mi piego in curva. Alle mie spalle, si piega anche Geo. Nella tasca, il telefono vibra senza soluzione di continuità. Al primo momento utile, lo prendo per portarmelo alla bocca. "Sono occupato," grido.

"Sembri diretto al club temporaneo." Lance ha la voce fredda. Gestisce sempre di più le comunicazioni, da quando ha messo incinta la sua compagna. Me lo immagino adesso, che fa camminare quel fagottino di sua figlia perché fa i capricci. Pensiero che, per una volta, non mi conduce alla disperazione. Lance si è creato una famiglia che funziona. Forse c'è speranza anche per me.

Strano che pensi a questa roba durante una caccia che mi vede nel ruolo della preda, ma a volte il mio cervello fa così. "Sì, faccio un salto da Jared e Trey. Però ho compagnia." I tre SUV sono ancora alle mie calcagna. Sono più lenti di me, ma sembrano consapevoli di dove finirà la moto prima di me.

"Ricevuto. Deke è per strada, ma ci vogliono sei ore. Ho informato Jared e Trey del tuo imminente arrivo con ospiti non invitati. Ti aspettano."

"Bene. A questi stronzi serve un bel comitato di benvenuto."

"Quanti sono?"

"Tre. Forse di più. Sono ovunque." Un quarto SUV schizza fuori da una laterale per unirsi agli altri, ed esplodo in una serie di parolacce. "Fa' pure quattro."

"Resisti. Va' al club. Vi sto monitorando."

Metto via il telefono senza riappendere. Accelero al massimo, mirando a seminarli. Finora ho prestato attenzione per via di Geo e per il timore di finire la benzina, ma adesso basta. "Ci siamo quasi," gli dico. "Ti stai comportando benissimo."

Mi stringe ancora più forte. Con una presa letale alla vita. Fossi umano, mi lascerebbe i lividi sulle costole. "Ma chi sono?"

"Vorrei tanto saperlo. Ma fra poco non avrà importanza." Messo Geo in sicurezza, il piano è di eliminarli dalla faccia della Terra. Hanno cercato di rompermi i coglioni, e la cosa è ricaduta sulla mia famiglia.

Siamo quasi alla svolta per la via commerciale, sede del club di Jared, quando un ruggito trafigge l'aria.

Si è unita alla caccia una dozzina di Harley.

Azzardo un'occhiatina indietro. La moto in testa porta un faccino familiare. *Hannibal.*

Ecco, adesso siamo sicuri che non hanno intenzioni amichevoli. Ora il casino acquisisce più senso. È un'idea di

Hannibal. Quello che non so è dove abbia trovato i soldi per l'esercito di SUV e moto. Che abbia un ricco sostenitore?

Ci penserò dopo. I SUV non possono stare al passo con la moto, ma Hannibal sì. Aumento la velocità fin dove me la sento. Con Geo a bordo sono più cauto.

Non posso permettere che Hannibal e i suoi amichetti su due ruote mi superino. Mi taglierebbero la strada, e allora fine dei giochi. Non posso sconfiggerli tutti quanti.

Ma gli amici del club sì.

Taglio fra i magazzini, diretto alla destinazione finale. La moto di Hannibal lacera l'aria alle mie spalle.

Dato che Lance ha accennato a un comitato di benvenuto, vedo la trappola esplosiva davanti a me. La luce della luna risplende sul cavo tirato attraverso la strada. Le ombre la oscurano quasi tutta – e vedo anche la rampa che mi hanno sistemato a lato.

"Reggiti," urlo a Geo. Il poverino dopo avrà bisogno di uno psicologo.

Hannibal è tanto vicino che ne sento la colonia ai chiodi di garofano. Mi fiondo verso il cavo deviando a destra all'ultimo. Becchiamo la rampa e spicchiamo il volo.

Voliamo al di sopra del cavo. Davanti a noi c'è un lungo tratto buio di strada costeggiato da magazzini, fra cui quello del club, sul fondo, più vicino al bosco. Dei fuochi lampeggiano lungo la riga alberata. Pare che Trey e Jared abbiano preparato una festicciola con tanto di fuochi artificiali.

Devo solo arrivare fin là. La moto si schianta a terra, sulle ruote – grazie al fato – e schizzo via; nelle orecchie mi risuona la risata sconvolta di Geo.

Forse se la caverà. Magari lo salverò e renderò tutti orgogliosi. Julia mi perdonerà e potremo formare una famiglia. Lance e Deke ce l'hanno fatta. Quanto difficile sarà, dai...

Alle nostre spalle, il filo spinato ha fatto il suo: ha

fermato il calvario. Ma non li fermerà certo tutti. Le auto corazzate ci passeranno tranquillamente attraverso.

Una moto sfreccia dalla mia sinistra alla mia destra. Pare che qualche Harley sia scivolata sotto al cavo. Guadagnano terreno – finché parecchie figure buie non sbucano ambigue dalle ombre con cigolii vari. Le iene mutanti brandiscono sbarre di piombo, che spaccano sui petti dei motociclisti. Le Harley vanno giù, e io sono libero di sfrecciare nel parcheggio schivando i falò.

Mi fermo davanti al magazzino proprio quando ne escono Trey e Jared. Sono scalzi e a petto nudo. Pronti a tramutarsi.

"Fantastico," strilla euforico Geo ruzzolando sull'asfalto.

"Tutto bene?" domando, con l'adrenalina che ancora mi romba nelle orecchie.

Mi fa vedere i pollici alti. Se la caverà.

"Bel tocco, il filo spinato," dico. "Come facevate a sapere che erano in moto?"

"Abbiamo occhi in cielo." Jared indica in su. "Hanno scovato le moto e ce l'hanno riferito appena in tempo. I ghepardi l'hanno tirato negli ultimi secondi."

"Chi ci hai portato, fratello?" chiede Trey.

"Una dozzina di moto con mutanti misteriosi. Boh." Parlo veloce. In lontananza, una iena strilla. "Il capo, Hannibal, ce l'ha con me. All'ultimo club mi ha sfidato. Non so che animale sia. E poi ci sono altri quattro o più SUV. Corazzati." Appena fuori dal nostro campo visivo, si avviano motori.

"Ricevuto." Trey fa un cenno del capo a Jared, che si sposta per indicare un gruppo di ghepardi mutanti che se la passano in fondo al parcheggio. "Grazie del resoconto. Ma alludevo al ragazzetto."

"Ah, lui?" Gli lascio ricadere una mano sulla spalla. "È mio nipote Geo."

Una iena esplode in una risata nell'oscurità. "Arrivano."

I ghepardi avviano le moto e partono verso la mischia. Ancora nessun segno di Hannibal. Scommetto che lo stronzo è sopravvissuto al filo spinato.

"Quello grosso, Hannibal," faccio ai due, che ormai sono tornati, "è mio."

Annuiscono. "Noi ci occupiamo degli altri. Abbiamo i rinforzi."

Altre ombre si scollano dalla facciata laterale del magazzino per sbucare alla luce. Due grossi e tre più piccoli sono appostati dietro. Tutti mutanti. Venuti per il club.

"Siamo pronti," dice il più grosso. Mi sa che lo conosco. Strizzo gli occhi verso il volto tutto cicatrici a caccia del suo nome.

Però conosco quello accanto. Caleb, che si tira la barba con un'espressione riflessiva in volto.

"Ehi, ciao." Mi avvicino per stringergli la mano. "Ti unisci alla festa?"

"Sono venuto per combattere. E sarà meglio cominciare." Come Trey e Jared, è scalzo. "Conosci Grizz?"

Deglutisco un bel *cazzarola*. Caleb e Grizz sono leggende. Di più famoso c'è solo Nash. Se i mutanti avessero action figure, questi tre sarebbero per collezionisti. "Credevo ti fossi ritirato," dico a Grizz. È un grosso bastardo dall'aria perfida coi connotati stravolti. Non so chi cavolo l'abbia ridotto così, e non voglio neanche saperlo.

Si stringe nelle spalle.

Risuonano ululati inframmezzati dal *ta ta ta* di una mitragliatrice. I ghepardi hanno beccato il nemico. Fortuna che ci troviamo nel bel mezzo del nulla, o sarebbero già arrivati pompieri e polizia.

"Ehi." Trey mi dà una gomitata. "Arrivano."

"Vero. Geo." Stringo la presa sulla sua spalla. "Ci sarà una bella rissa. Resisteremo. Ma tu devi sparire."

Gli occhioni da mutante sono brillanti. "Voglio aiutarvi."

"Lo so. Devi rimanere sano e salvo, in modo da proteggere la mamma dovesse accadermi qualcosa. Accetti la missione?"

Annuisce, tanto cupo che scorgo un barlume di come sarà da adulto. Come mio fratello. "E tu cosa farai?"

"Io combatterò." Di solito sorriderei e direi una cosa del tipo, "Me la spasserò", ma la presenza di Geo rende il pericolo reale. Devo fare il serio. Come un alfa. Prendermi cura del cucciolo affidato alla mia protezione.

"Vieni," dice uno dei mutanti più piccoli. Un irlandese dai capelli scuri – un allibratore. "Da questa parte." I due colleghi suoi amici – quello incanutito e quello che starnutisce piume – sono già alla riga di alberi.

"Va' con loro." Gli do una spintina. "Non farti vedere e tieniti pronto a tramutarti e scappare, nel caso in cui si mettesse male. Non accadrà, ma è sempre bene avere un piano di riserva. Ascolta quelli lì," faccio con un cenno ai tre, "ed esegui senza storie."

Aspetto che sia quasi al bosco, prima di raggiungere i miei amici.

"La priorità è Geo," gli dico.

"Visto," fa Jared. "Dovesse accadere qualcosa, lo porta via in volo Laurie."

Presumo che Laurie sia il piumato.

"Non gli succederà nulla," tuona Grizz. Non so nulla di questo qui, ma gli credo. Lotterebbe e darebbe la vita per mio nipote. In questo momento, siamo un branco.

Come un sol uomo, io, Grizz e Caleb ci strappiamo le

giacche di pelle e le buttiamo contro al magazzino. Poi tocca a maglie e scarpe. I piedi nudi scricchiolano sui vetri rotti mentre torniamo da Jared e Trey, all'altro lato del parcheggio. Superiamo un piccolo falò, e Jared si sporge per accendere un lungo fiammifero. Se lo porta dietro per qualche metro e poi lo scaglia a terra, da dove sale puzzo di benzina. Le fiamme divampano in alto, correndo in avanti a illuminarci la via.

Trey strilla. "Diamo il via ai festeggiamenti!"

Caleb e Grizz sono silenziosi, concentrati. Prendo posto accanto a loro. Di solito darei voce a un grido di guerra con Trey, ma stanotte si rischia più di quanto abbia mai rischiato.

Un ghepardo sbuca urlando dalla strada sulla moto, inseguito da tre Harley. Le conduce su una via serpeggiante attorno ai fuochi, ma quelle vengono dritte verso di noi. Il comitato di benvenuto.

Ci sono quasi addosso.

"A sinistra," grida Caleb.

"Io vado a destra," fa Trey. Lui e Jared scartano di lato.

"Io al centro." Grizz scrocchia le nocche, provocando rumore di spari.

I ghepardi mutanti ci superano di corsa. Le Harley sono così vicine che vediamo il bianco degli occhi dei motociclisti. Luccicano – sono tutti mutanti.

All'ultimo, Trey e Jared si fiondano in avanti. Con un balzo, Trey rifila un calcio al conducente per sbalzarlo contro a Jared, che lo finisce.

Caleb salta di lato e agguanta il suo avversario per scaraventarlo giù dalla moto, a terra. Si sente uno scricchio, e mi volto prima di vedere il fato del motociclista.

Grizz non si muove. Aspetta che la Harley sia su di lui, poi ne afferra il manubrio con un ruggito. In un incredibile sfoggio di potenza, solleva il pesante mezzo sopra alla testa per poi scaraventarlo a terra.

Il motociclista finisce col rimbalzare sull'asfalto fino a me. Gli do un calcio alla testa abbastanza forte da spaccargli il collo.

Tre secondi ed è finita. Abbiamo fatto fuori la prima linea senza neanche tramutarci. Un bell'insulto.

Trey si erge sul corpo che stava perquisendo con un'arma – un revolver big bore. "Hanno pallottole d'argento." I suoi occhi luccicano del colore del mercurio liquido.

"Sono mutanti." Jared annusa, inalando una bella zaffata di colonia, e tossisce. "Non so di che tipo."

"Sono venuti a uccidere." Caleb esamina la pistola fregata all'avversario suo, abbattuto. "L'unica ragione per portarsi dietro pallottole d'argento è uccidere un mutante."

Mi guardano tutti.

"Scusate, ragazzi. Non so cos'ho fatto per farli incazzare così."

"Non importa com'è cominciata." La solita voce ringhiante di Grizz è inghiottita dal rombo dell'orso. "Dobbiamo metterci il punto. Stanotte."

Prendo mentalmente nota di non mettermi mai contro Grizz. Già solo il ruggito dell'orso basta a rimpicciolire il cuore di un uomo.

Risuona un'esplosione. La fonte non si vede, ma è stata abbastanza grossa da far tremare la terra. Risuona una risata inquietante.

"Le iene hanno sfoderato l'armamentario pesante?" chiedo a Trey.

"No," dice, più serio che mai. "Credo siano i tuoi amici."

"Non sono miei amici," faccio io. "Dopo stanotte possono sognarseli, gli auguri di Natale."

Mi guadagno un sogghigno.

Un SUV si precipita da noi dalla strada inseguito dalle moto dei ghepardi. Uno di questi ultimi vi sfreccia davanti e si sfascia: per fermarlo ha sacrificato la moto. L'animale rotola via, salvandosi, ma il veicolo corazzato passa sopra alla moto e prosegue.

Il familiare fischio di un razzo in volo mi fa accapponare la pelle della nuca.

"Arriva," urla Caleb, e ci sparpagliamo. Il razzo ci supera con un lamento e centra il magazzino. *Bum!*

"Sparite," urlo mentre piovono detriti. La parte anteriore dell'edificio crolla in un cigolio della struttura d'acciaio.

L'urlo sconvolto di Geo mi giunge allora alle orecchie. "Sta' indietro," grido agitando il braccio. È impalato all'estremità del bosco. "Portatelo via." Indico gli allibratori, che stanno cercando di trascinarlo indietro.

"Trasporto aereo," urla l'irlandese.

Il mutante dai capelli grigi si porta le dita alle labbra e fischia, penetrante.

Un gigantesco gufo scende dagli alberi e afferra le braccia di Geo per poi sollevarlo in aria. Le enormi ali sbattono. Sarà al sicuro nelle profondità del bosco.

Scricchiolio di metallo. Un enorme orso ha attaccato il SUV corazzato e ne sta graffiando le fiancate con i giganteschi artigli.

Trey e Jared ne strappano le portiere e trascinano fuori conducente e passeggeri. Pallottole esplodono e corpi si accasciano a terra. Dato che il nemico ha con sé proiettili d'argento, sprecarli è un peccato.

Altre ombre buie si riversano in strada a piedi. Nessun segnale di Hannibal nel fumo dell'aria.

Grizz è ancora in forma umana, e marcia verso la mischia. Lo raggiungo, e ci mettiamo entrambi a correre.

Mi suona una batteria in testa: la colonna sonora della guerra. Ghepardi sfrecciano dentro e fuori, le moto ronzano come furiosi calabroni. Altri due SUV tagliano il fumo per schiantarsi addosso alla riga di moto dei ghepardi.

Io e Grizz ci separiamo. Parto in vantaggio, e balzo su un SUV graffiandone il tettuccio con gli artigli. Il metallo stride, e si apre sulla cima come una lattina, in modo da permettermi di recuperare i nemici che nasconde.

Pallottole mi scoppiano in faccia. Una mi graffia, e l'argento brucia. Mi rilasso e permetto al lupo di palesarsi.

Il passeggero si erge puntando un'arma, e si becca una bella artigliata in faccia. Mi fiondo in avanti da lupo e gli chiudo gli artigli sulla testa. *Crunch.*

Il conducente si alza sul sedile mirando a me. Abbasso lo sguardo sulla canna della pistola e vedo la morte.

Piomba giù un lampo bianco. L'enorme gufo agguanta le spalle dell'uomo e lo solleva. Sbatte le ali, guadagnando altezza, sempre tenendo fra le grinfie il nemico, che si divincola e urla, sparando pallottole come un matto. Prima che possa prendere la mira, il gufo strilla e lo molla.

Si schianta a terra, dove una zampata dell'orso di Caleb lo finisce.

Mollo la preda per scendere giù dal parabrezza e tornare alla battaglia.

Il SUV distrutto da Grizz è capovolto, le ruote girano in aria. Un enorme orso si allontana pesante con la pelliccia macchiata di sangue e benzina. Le sue dimensioni mi tolgono il fiato. La leggenda narra che l'orso di Grizz abbia una folta pelliccia marrone, come un Kodiak sotto steroidi. Capace di spiaccicare un camion. Si erge sulle zampe posteriori con un ruggito. Tutt'intorno a me i ghepardi uggiolano e le iene ridono.

Il fumo mi brucia gli occhi di lupo.

Nella nube grigia, prende forma un'ombra. Un gigante in giacca di pelle. Hannibal, tutto contorto in volto. Gli abiti si strappano quando l'animale lotta per venire alla superficie. Mi vede e ruggisce. "Rivincita!"

Ringhio e mi fiondo verso di lui.

Estrae un'arma e spara. Schivo e continuo la corsa. Le pallottole mi sfiorano la pelliccia. Scatto a velocità massima e balzo, le zanne puntate alla sua gola.

Lui esplode fuori dai vestiti, trasformandosi in un mostro pazzesco. È enorme e muscoloso, con due corna gigantesche. Mi schianto contro al suo petto e lo spingo indietro di un passo. Con le zanne gli graffio la spalla, ma ha la pelle spessa, e non riesco a fare presa. Mi giro e allontano.

Provocarlo fino a farlo tramutare ha portato dei vantaggi. Ha mollato l'arma, ormai scivolata a lato. Senza la minaccia delle pallottole d'argento, sono libero di lacerargli le carni a volontà.

È perfidamente forte e veloce, ma non quanto me. Sfreccio avanti e indietro, pigliandolo agli arti. Lui grida e cerca di calpestare il lupo, ma io gli passo fra le gambe per affettargli l'interno delle ginocchia. Primo sangue.

Mi riparo troppo lentamente, e mi piglia. Mi rigiro, le zanne in cerca della gola. Lui mi stringe forte con le braccia. Mi si spezzano le ossa.

Torno in forma umana. D'un tratto sono molto più piccolo dell'animale sua preda, e barcolla. Ricado all'indietro, trascinandomelo dietro, e con uno scatto di gambe me lo scaglio al di sopra della testa. Si schianta sull'asfalto tre metri più in là.

Tre ghepardi gli balzano sopra. Un secondo dopo, spiccano il volo.

Maledizione, ma come facciamo a sconfiggerlo?

Un razzo fischia nell'aria e un SUV esplode. Piovono brandelli di contorto metallo in fiamme.

Nel denso fumo, perdo di vista Hannibal. Mi fischiano le orecchie. A malapena sento lo scoppio di un colpo, seguito da un urlo di dolore.

Alla mia sinistra, il nemico ci resiste per l'ultima volta. Il gigantesco orso di Grizz s'inoltra nelle sue fila. Ha artigli così grossi che una sola zampata fa saltare teste. I corpi crollano. Decapitare è il modo più semplice di abbattere mutanti. Grizz innalza un compito tanto disgustoso a opera d'arte.

Gli faccio vedere i pollici alti, e lui mi sfoggia denti grandi quanto il mio avambraccio e molla un ruggito che temo stia per, "Ottimo lavoro, amici cari!"

L'arma di Hannibal giace sull'asfalto. La raccolgo e parto per la caccia. Seguo la scia di cadaveri di ghepardi finché non lo trovo. Le indicative corna emergono dal fumo.

"Hannibal," urlo. Zoppico – devono avermi beccato. La ferita brucia come argento.

Scarrello il fucile, ma è scarico. Lo lancio fra noi. Ecco. Adesso siamo uno davanti all'altro, animale ad animale.

Calpesta l'asfalto come un toro. Il lupo è pronto a prendere il sopravvento, quando alle mie spalle si sente un sibilo.

Un gruppo di iene mutanti ha preso il controllo del SUV rimasto. Si sono avvicinate e stanno puntando il lanciarazzi verso Hannibal e... me.

"No, aspettate!" strillo. Troppo tardi. Una grida e fa fuoco.

Mi butto giù e mangio ghiaia. Il razzo fischia sopra alla mia testa, rumore che si mescola ai ruggiti di Hannibal.

L'esplosione mi assorda. Balzo in piedi appena posso, ma Hannibal è sparito. Al posto suo restano solo un cratere e un anello di fuliggine.

Mi scappa una parolaccia.

A parte il crepitio dei falò e il lontano stridio di una iena, il parcheggio è silenzioso. La battaglia è finita.

Trey e Jared sono tornati in forma umana. Sono tutti sporchi di sangue. Non zoppicano, quindi presumo che per la maggior parte non sia loro.

"E Hannibal?" domando. "Quello grosso e cornuto?"

Trey scuote il capo. "Scappato."

"Ma che cazzo è?" borbotta Jared. "Un minotauro?"

"Boh. Ma non finisce qui."

Un urlo mi fa girare. Geo viene da me correndo. "Che figata! Quando ti sei trasformato in lupo e sei saltato sull'auto..."

"Ti è piaciuto?" Ho sulla punta della lingua *aspetta di vedermi contro a un altro lupo*, ma un rumore mi fa rizzare tutti i capelli.

Compare una pigra, vecchia Charger, che serpeggia fra le fumanti pile di detriti. Ne fa capolino Jared.

"È un amico," urlo, onde evitare un'autodifesa violenta.

Che ci fa Buddy qui?

Qualcuno grida, e si apre la portiera del passeggero. Ne corre fuori Julia, pallida in viso.

Oh, cazzo.

"Geoffrey," grida. Le lacrime le fanno vacillare la voce.

"Mamma!" Geo sembra appena uscito da una giornata sulle montagne russe del parco di divertimento. Julia trattiene un singhiozzo e gli butta le braccia al collo. "Va tutto bene, mamma. Sto benissimo."

Buddy smonta per trascinarsi al mio fianco. "Scusa. Ha un dispositivo di tracciamento sul telefono di Geo. Non potevo fermarla, quindi ho pensato fosse meglio accompagnarla."

Scaccio le scuse con uno sventolio della mano. Non

potevo comunque nasconderle la verità. Ma che assista alle conseguenze della vita pericolosa che conduco non è il massimo...

"Sto bene," continua a dirle Geo. "Stiamo bene tutti e due."

Ma io vedo il parcheggio con gli occhi di Julia. Falò che bruciano sullo sfondo di un magazzino crollato. Cadaveri di mutanti – amici e nemici – sparpagliati sull'asfalto bruciato. Un branco di iene mutanti che sfreccia con un SUV rubato brandendo armi e ululando. E il suo prezioso figlio nel mezzo di questo caos. Ho fatto tutto per tenerlo al sicuro, ma non ci faccio una gran figura.

È ora della ramanzina.

Geo ne ha abbastanza dell'agitazione della madre. Si scosta e mi grida, "Ehi, zio Channing, ti hanno sparato?"

"Sparato?" rantola Julia.

"Sì, mamma. Avevano pallottole d'argento. Ce l'avevano con lo zio."

Lei mi lancia un'occhiata, ma senza incrociare il mio sguardo. Il suo volto è una maschera di furia e paura. "Cos'è successo?"

"Delle auto hanno iniziato a seguirci." Geo indica i SUV saltati in aria, e Julia strabuzza gli occhi. "Erano in diversi. Eravamo in moto, e lo zio si è dato a manovre evasive."

"Il furgone ce l'avevo io," spiega Buddy. "Per questo Channing ha preso la moto." Gentile da parte sua difendermi, ma non basterà certo a convincere Julia che non sono un completo irresponsabile.

"E poi siamo arrivati qui e *bum*! Hanno fatto saltare per aria il magazzino..." Prosegue con la minuziosa e grafica cronaca della battaglia, completa di effetti sonori. Scavandomi una fossa sempre più profonda.

Non che non me la meriti, eh.

Lo sguardo di Julia passa dall'edificio crollato al viso del figlio e ai graffi che segnano l'asfalto. Geo esaurisce le forze, e lei guarda nella mia direzione. "È vero?"

"Sì," faccio io. "In riassunto." Non ha senso difendermi. Per certi versi è anzi un sollievo prendersi la colpa.

"Monta in macchina," dice a Geo con voce tremante.

"Ma..." protesta lui.

Sfrecciano due ghepardi con una latta di benzina. La gettano sul falò più vicino e quando le fiamme si fiondano verso il cielo ululano.

"Presta ascolto a tua madre," ordino, e Geo trascina i piedi, però sparisce sul sedile posteriore della Charger.

Aspetto che Julia si sia accomodata accanto a lui, prima di avvicinarmi. "Julia..."

"No." Solleva una mano per impedirmi di spiegare. Non incrocia il mio sguardo.

"Geo sta bene. Non permetterei mai che gli accadesse qualcosa."

"Ci seguivano, mamma," interviene lui dall'altro lato dell'auto. "Dovevamo scappare!"

"Ci seguivano dalla casa di Justin. Non so perché. Ho chiesto aiuto via radio, ma potevo portarlo solo qui. Perché qui avevo dei rinforzi." Faccio un cenno del capo verso Trey e Jared, persi in chiacchiere con Grizz e Caleb, tutti e quattro nudi come vermi.

Distoglie gli occhi. "Questo fai?" domanda a bassa voce. "È questo..." – e sventola una mano – "il tuo lavoro?"

Capisco cosa intende. Ho tenuto Geo in vita, ma è finito in pericolo per colpa mia.

È mio il biasimo. Me lo merito. "Sì."

Annuisce, sempre senza guardarmi.

"Portali a casa," dico a Buddy. "Io vi seguo."

Dallo sguardo di Julia, so di non essere più il benvenuto. Ma stanotte rimarrò di guardia sul portico. Il lupo non mi permetterebbe mai di esimermi.

Al mattino però già non ci sarò più. Lascerò Buddy e le telecamere a guardia della casa. Sarà meglio per loro che me ne vada molto lontano. Gli ho portato in casa il pericolo, e non me lo perdonerò mai.

"Perché così serio?" Una iena mi ride in faccia. "Abbiamo vinto!" I suoi amichetti esultano.

Un lamento lupesco mi si blocca in gola nel vedere la Charger allontanarsi con calma.

Ho vinto la battaglia, ma perso la guerra.

* * *

Julia

Tremo e sudo per tutto il viaggio di ritorno a casa. È troppo. Non ce la faccio. L'arrivo su quella scena ha radicato in me l'idea che Channing non possa stare con noi.

Svolge un mestiere rischiosissimo.

Adora il pericolo. Da sempre. Così come i suoi amici.

E gli voglio troppo bene per digerire una professione del genere. Inoltre non gli permetterò mai e poi mai di infettare Geo col suo stile di vita folle e incauto.

Su questo non ci piove.

Quel ragazzo è tutto ciò che ho. È tutto il mio mondo. E il pensiero che Channing l'abbia trascinato in quell'assurdo inferno mi spezza il cuore.

Mi uccide che non abbia saputo fare di meglio.

Che non ci abbia riflettuto su un tantino. Che non si sia fermato a chiedersi se portare un *tredicenne* in quel casino fosse una buona idea.

Insomma, capisco che l'hanno beccato mentre era con Geo.

Ma ciò significa che i guai lo seguono.

E non posso certo permettere che li porti a noi.

Non posso proprio.

Malgrado lo ami.

Malgrado desiderassi tantissimo che rimanesse.

È ora che se ne vada.

Non me ne resterò a casa mentre il mio ragazzo è fuori in missione trattenendo il fiato, terrorizzata dall'eventualità che vengano a bussarmi alla porta per dirmi che non ce l'ha fatta.

Ci sono già passata.

Non posso rifarlo.

* * *

Channing

Quando arrivo a casa, Julia aspetta sul portico. Ha indossato un accappatoio al di sopra dei soliti vestiti. I suoi capelli trattengono un lieve puzzo di fumo.

Non mi perdonerò mai per stanotte.

Ho posato uno stivale sul gradino, ma non mi avvicino oltre. Ha un'espressione tanto smarrita e stanca che vorrei stringerla. Ma non è ciò che vuole adesso.

"Non so cosa fare con te," dice. "Quando Geoffrey partì, pensai che in quanto mutante fosse resistente al pericolo. Quando vennero a dirmelo, pensai si sbagliassero. Geoffrey era invincibile. Non poteva essere morto." Le si mozza la voce. Scalza e col trucco rovinato, sembra giovane e vulnerabile. Fragile quanto il giorno del funerale. "Seppellimmo una cassa vuota. Continuai a pensare che sarebbe tornato." Si stropiccia gli occhi, che però sono secchi. Come avesse già pianto tutte le sue lacrime. Si siede sul gradino, mantenendo trenta centimetri di distanza fra noi. "Non posso passarci di nuovo," sussurra. So cosa intende. *Non posso stare con te.*

"Lo so." Fisso nella notte, il lupo che in me ulula. È intrappolato in una gabbia che mi sono costruito da solo. Non gli permetto di crepare la facciata. Devo essere forte... per lei. "Julia... scusa."

"Grazie di aver aiutato Geo. Non dimenticherò mai tutto ciò che hai fatto." Si alza e rientra chiudendo il portone.

E così finisce.

Mi siedo sulla scalinata, raggelato. Resto così fino alla fine della notte, quando le prime luci dell'alba toccano il cielo. Buddy si agita nella Charger. Lancio le chiavi del furgone sul sedile anteriore. L'ho intestato a lei. Può regalarlo a Geo per il compleanno. O anche no.

Io me ne sarò andato da un pezzo. Per forza.

Ha ragione lei. Hannibal ce l'aveva con me. Geo è finito in pericolo a causa mia. Se il mio pericoloso lavoro finisse col distruggere lui e Julia, non potrei mai perdonarmelo.

È meglio che stia alla larga.

Julia

Giaccio a letto con la federa del cuscino bagnata di lacrime, a chiedermi se ho fatto la cosa giusta. Channing è ancora qui, seduto sul portico, di guardia. Ne percepisco la presenza.

Quanto sarebbe facile richiamarlo dentro e perdermi nel suo odore, nel suo tocco.

Quando però chiudo gli occhi, vedo il campo di battaglia del parcheggio del magazzino disseminato di cadaveri, e mio figlio tredicenne stagliarsi proprio lì in mezzo.

Come può tenerci al sicuro quando la sua intera vita è pericolosa? Vista la nottata, le sue missioni sono mille volte più rischiose di quelle di Geoffrey.

Non posso amare di nuovo uno così. Non posso amare di nuovo una persona che potrei perdere. E non posso mettere in pericolo mio figlio. Se è da codardi, che così sia. Meglio restare sola che soffrire di nuovo tanto.

L'orologio accanto al letto segna le tre del mattino. Mi giro e ingarbuglio in qualcosa di morbido. La maglietta di Channing. Ha il suo odore, fresco e legnoso. Me la stringo al petto e lascio che quel profumo mi consoli, e finalmente giunge il sonno.

Al mattino Channing non c'è più. Dico a Geo che è partito in missione e che sarà impegnato. Geo annuisce, accetta la cosa.

Sul lavoro sono distratta, e così tanto che Van den Berg dopo una riunione vi fa cenno.

"Scusi. A casa... stiamo affrontando un momento difficile."

"Si tratta di suo cognato?"

"In parte," ammetto. "Se n'è andato. È partito. Per sempre."

Il capo mi scruta. "Tutto bene?"

"Oh, sì. Stiamo bene." Se ci metto abbastanza fermezza, magari si realizzerà.

"E con la *Woodman* è tutto a posto?"

"Sì, grazie."

Geo ultimamente è giù di morale. L'ho incoraggiato a uscire a correre, ma dice che il lupo non ne ha voglia. Quel che gli serve è un nuovo inizio. Per Geo terrò la rotta, fingerò che vada tutto bene. Lo guiderò nella routine quotidiana, fingendo di non avere una voragine nel cuore.

* * *

Channing

"Quello che non capisco è perché abbiano preso di mira te," riflette l'alfa, Rafe. Sono al telefono per fare rapporto a lui e al fratello, Lance.

"Boh." Mi passo una mano sul viso. Sono passate trentasei ore dalla grossa battaglia, ma il lupo mi ha permesso a malapena di dormire. Ho messo Buddy di guardia a casa di Julia, ma da remoto controllo il sistema di sicurezza ogni ora. "Avevano pallottole d'argento, quindi sapevano che siamo mutanti."

"Volevano ammazzarti."

"Allora perché non mi hanno sparato per farmi cadere dalla moto?" Ci sto rimuginando su tanto da impazzire.

"Per fortuna non l'hanno fatto. Saresti morto. Esitazione che ti ha permesso di recarti dai rinforzi."

Non mi sento fortunato. Mi sento la morte stessa. Però evito di dirglielo.

"Questo round l'hai vinto tu," fa Lance. "Ma non è mica finita."

"Concordo." Scommetto che Hannibal è ancora in circolazione a leccarsi le ferite, in attesa.

"Ho ricevuto informazioni sia da Jared sia da Trey: hanno pulito il campo. Chiunque sia stato a finanziare la battaglia è ben fornito," dice Rafe.

"Ma dovevi proprio far girare le palle a un miliardario?" scherza il fratello.

Il mio silenzio gli dice che non sono dell'umore di scherzare. Segue una pausa imbarazzata.

"Aspetta. Sta entrando Deke," fa Lance. Sulla linea si sente digitare.

"Ho novità," dice Deke. Non sembra contento.

"Sull'app?" domanda Rafe. "Kylie è riuscita ad hackerarla?"

"Non ancora. Però ho fatto qualche ricerca, ho chiesto in giro. Pare siano spariti dei ragazzini mutanti."

"Per allontanamento volontario?" chiede Lance.

"Alcuni. Ma i rapporti parlano di una media più alta del solito."

Mi passano per la testa immagini troppo orribili perché ci rimugini su. Adolescenti, come i gemelli orsi, indotti a lasciare la loro casa e messi in trappola. O cacciati.

"Erano nell'app?" sta chiedendo Rafe.

"Non posso confermarlo. Non riesco ancora a collegare le due cose, ma l'istinto mi dice di sì." Ha la voce pesante. "Io dico che c'entra Hannibal."

Qualcuno ha programmato l'applicazione, e che Hannibal vi si sia infiltrato per adescare adolescenti mutanti è inquietante.

"Non abbiamo prove," dice Lance.

"Non ci servono," fa Rafe. "Troviamo Hannibal. Le risposte le ha lui."

"Subito," dice Deke. "Kylie può hackerare qualsiasi sistema di sicurezza attorno alle coordinate di Flagstaff."

"Faccio girare la voce." Lance digita furiosamente. "Avverto ogni singolo branco e ogni singola famiglia che possiamo. Anche di prestare attenzione a Hannibal."

"Io perlustro la zona dove l'abbiamo visto l'ultima volta," dico. Sono ancora a Flagstaff. Non riesco a decidermi a partire.

Una parte di me vorrebbe andare seduta stante da Julia

e mettere tutti e due agli arresti domiciliari. Perché così la convincerei a perdonarmi.

Invio un messaggio a Buddy per chiedergli di tenere d'occhio la casa. Lui risponde con una foto della facciata anteriore. Con un nuovo portone e nuove finestre, sembra appena fabbricata.

Panorama che mi addolora.

Con uno scossone della testa, mi sforzo di concentrarmi sugli ultimi ordini di Rafe. "Fate attenzione," dice. "Se vedete qualcosa, chiamate i rinforzi via radio."

Riappendo. Il lupo è inquieto. Sapevo che Hannibal era un problema, ma qui si esagera. Un mutante come lui che ha come preda dei ragazzini? Beccherò quello stronzo e lo finirò. È lo scopo della mia vita.

Dopodiché chiederò a Rafe di assegnarmi una missione all'altro capo del mondo. Qualcosa di pericoloso e lucrativo che catturi tutta la mia attenzione. Magari versando abbastanza sangue riuscirò a scacciarmi dalla testa il profumo di lavanda e lillà.

Capitolo Dodici

*J*ulia

Giunge il venerdì, e ho gli occhi annebbiati da quanto ho fissato il computer. Mi scosto dalla scrivania con la voglia disperata di fare una pausa, e mi brontola lo stomaco. L'orologio del computer segna le quattro e quarantanove. Ho lavorato tanto da saltare il pranzo. Dalla partenza di Channing mangio appena. La sofferenza ha fatto del mio stomaco un groviglio di nervi.

Da quando se n'è andato, ho seguito le solite orme. Testa china e duro lavoro. Nel tentativo di dimenticare quant'era bello averlo in casa.

Nel letto.

Nel cuore.

Quanto fosse meraviglioso sentirsi curata. Amata. Protetta.

Ma l'ho mandato via io, no? Il piacere di averlo non ha superato la paura di perderlo.

Non so bene se abbia senso a livello logico, ma sul momento ne ero convinta.

Adesso non ne sono più così sicura. La paura ha avuto la meglio. Non la migliore delle guide, eh.

Corro giù in cucina a prendere un gambo di sedano che sta avvizzendo. Mastico rovistando in frigo in cerca di qualcosa con cui preparare la cena. Ho dimenticato di fare la spesa, quindi che pizza surgelata sia. Geo sarà contento.

Non è di buonumore da giorni. Non lo ammetterà mai, ma so che gli manca lo zio. La scusa della missione comincia a traballare. A un certo punto dovrò spiegargli bene che se n'è semplicemente andato – stavolta per sempre.

Sto evitando di farlo perché una parte di me vorrebbe non fosse vero.

Di ritorno verso l'ufficio supero la porta di camera sua, che si apre con uno scricchiolio. Strano. È tardi. Ormai dovrebbe essere a casa, nel suo rifugio, a fare i compiti.

Si è organizzato per vedere Justin senza dirmelo? Lo chiamo, ma parte subito la segreteria.

Passo alla madre di Justin.

Dieci minuti dopo sono nel panico. Non è a casa dell'amico. Né a scuola. Anzi, Justin ricorda di averlo visto salire sull'autobus. Ho chiamato anche la scuola, ma l'autobus non era in ritardo.

Ho chiamato Geo svariate volte e gli ho scritto almeno mille messaggi. Niente.

Entro nell'app che ha sul telefono, quella che ho usato per tracciarlo, ma segnala Flagstaff senza indicare alcun punto preciso, come avesse problemi di segnale. Sarà un glitch, ma ho una brutta sensazione.

Geo non è a casa, e a quanto ne so non è neanche coi suoi amici. Ha il telefono spento e il dispositivo di tracciamento non funziona. Magari è tornato e subito uscito per una corsa senza dirmelo.

Ma lo farebbe?

Esco e lo chiamo urlando finché la mia voce non echeggia sulla collina.

"Julia?" Buddy sbuca da dietro un pino. Non gli vedo tutto il corpo – è oscurato da un cespuglio – ma si vede che è a petto nudo. Era in forma animale?

Se parlarmi da nudo lo imbarazza, non lo palesa. A me sicuramente non frega niente. "Hai visto Geo?"

Scuote il capo. Negli ultimi giorni si è fatto crescere la barba, nera con una striscia bianca al centro, come i capelli. Mi ricorda la pelle di un animale, ma non ricordo quale.

"E... il suo odore?" domando. "Riesci a capire se è ancora fresco? Se è sceso dall'autobus per poi venire subito qui dietro a correre?"

"No," dice. "Non torna da stamattina."

Annuisco, sgonfiandomi tutta dentro. A rigor di logica, ci sarebbero delle prove di questo salto a casa prima della corsa da lupo. Avrebbe lasciato vestiti e zaino, che non sono da nessuna parte.

Che sia sgattaiolato via alla ricerca di suo zio?

No, mi dice una vocina. *Non lo farebbe mai senza dirtelo.*

Quindi c'è qualcosa che non va.

"È sparito," dico a Buddy. "Chiamo Channing."

Buddy si agita, ma senza uscire dal cespuglio. "Vuoi che lo chiami io?"

"No. Puoi tenere gli occhi aperti, nel caso in cui tornasse?"

"Certo."

"Grazie." Rientro in casa; pesco il numero di Channing prima di avervi messo piede. E immediatamente vengo travolta dal sollievo. L'ho cacciato per il pericolo che si porta dietro, ma una cosa è improvvisamente chiarissima: in caso di crisi, è l'unico da cui possa correre. L'unico di cui mi fidi.

* * *

Channing

Mi vibra il telefono e mi sveglio, scattando subito a sedere. Stanotte ho corso nel Grand Canyon fino a farmi sanguinare le zampe. Non sono tornato prima di mezzogiorno, quando in forma umana mi sono disteso su un tavolo da picnic; poi devo essermi addormentato. Finalmente.

Il lupo è ansioso, e so che c'è qualcosa che non va ancora prima di vedere chi sta chiamando.

"Julia?"

"Geo è sparito," dice. "È con te?"

"Cosa? No." Mi alzo in piedi. "Che intendi con sparito?"

"Non è tornato a casa da scuola. Ho pensato fosse scappato per venire a cercarti."

"Non lo farebbe mai. Non ti farebbe mai preoccupare tanto."

"Lo so." Le si spezza la voce. "Aspetta un attimo." Sembra distratta. "Qualcuno ha accostato davanti al portone."

"Julia, asp..."

Svanisce prima che possa dirle di guardare dallo spioncino. Non che sia stupida.

Ma recupero lo stesso le registrazioni delle telecamere dal telefono. C'è un'anonima berlina nera nel vialetto. Il conducente è un tipo nerboruto con gli occhiali da sole.

Passo alla telecamera della soglia, e le viscere mi si fanno cemento.

Al portone di Julia c'è Hannibal.

* * *

Julia

L'uomo ha tutta l'aria di un professionista. Porta un completo probabilmente su misura, vista la massiccia stazza. L'auto somiglia a quella che mi ha portata all'aeroporto, ma non ne posso essere sicura.

"Chi è?" Esito, le mani sulla serratura.

"Signora Armstrong?" La profonda voce rimbomba attraverso la porta. "Il signor Van den Berg richiede la sua presenza a casa sua."

Ma perché il capo mi ha mandato una macchina? Ho dimenticato qualcosa? Apro il protone. "Non è un buon momento."

"Io temo di sì, signorina Sanchez. Vuole che le dica che ha suo figlio."

"Geo." Mi accascio contro allo stipite. "Grazie al cielo." Be', aspetta un attimo... cosa? Mi scervello alla ricerca di una logica. Deve avergli dato un passaggio nel corso di un'escursione. O c'entra la nuova scuola? Sono veramente confusa, ma almeno so che è al sicuro. "Un secondo. Prendo la borsa." Mi giro – ho lasciato il telefono sul tavolino da parete insieme alle chiavi. Channing è ancora in linea. Lo sento urlare qualcosa.

"Julia! Non..."

"Non le serve." L'omaccione mi chiude la mano sul braccio per tirarmi indietro. Prima che possa gridargli di mollarmi, recupera il telefono dal tavolino e lo disintegra nel pugno.

Trasalisco, poi mi spinge fuori. "Da questa parte. Meglio non far aspettare il signore."

* * *

Channing

Preda di una furia inerme, osservo Hannibal trascinare Julia al sedile posteriore dell'auto. Le urla e gli avvertimenti non le sono giunti in tempo. Ma comunque, cos'avrebbe potuto fare contro Hannibal? Quello stronzo può finirla con un dito.

Lo sapevo che quel Van den Berg era inquietante. Ha Geo – questo sono riuscito a sentirlo.

La berlina sfila oltre il campo visivo delle telecamere, ma non prima che scorga un bel panorama. Una pelliccia nera e bianca scivola giù per il vialetto.

Buddy. È uscito. Se ha individuato l'auto, abbiamo una possibilità.

Premo il pulsante di emergenza del telefono e chiamo i rinforzi via radio. "Flagstaff. Coordinate ancora ignote."

Se Buddy fa il suo lavoro, le avremo presto.

Salto in sella. Qualche minuto di strada e mi vibra il telefono per una chiamata di Buddy.

"Dimmi che ce l'hai." Lo saluto così.

"Affermativo." Ha il fiatone per l'inseguimento dell'auto e la conseguente e discreta fuga. "Ti mando le coordinate."

"Mandale anche al centro di comando." Ha una linea diretta col quartier generale del branco. Mentre io do la caccia a Hannibal, lui parlerà con loro.

"Fatto. Non sono riuscito a fermarlo," dice con voce pregna di rimpianto. "Non potevo combattere..."

"Hai fatto ciò che dovevi. Abbiamo la possibilità di salvare Julia e Geo solo grazie a te."

"Va' a prenderli."

"Ricevuto. Partito."

Recupero le coordinate. L'auto è in movimento, e sospetto di sapere dov'è diretta.

È ora di fare una visitina al capo di Julia. Devo solo

tenere Julia e Geo in vita finché non sarò riuscito a organizzare il salvataggio.

Accelero e sfreccio per le strade a velocità massima.

Resisti, Julia. Arrivo.

* * *

Julia

Il sole è ormai sprofondato oltre l'orizzonte quando accostiamo nel lungo viale che porta alla villa di Van den Berg. Ci sono già stata per una festa. L'architettura gotica aveva un'aria allegra, con tutti le lucette appese. Adesso la pietra d'importazione è fredda e proibitiva come quella di una fortezza. Una prigione.

Nessuno mi ha definita esplicitamente prigioniera, ma che altro dovrei essere? Un gigante mi ha infilata a forza in auto. E ha detto che mio figlio è con loro.

Siedo in silenzio, rigida e dritta. Indosso gli abiti da lavoro – una felpa con lo scollo a V e i pantaloni della tuta. Non calzo scarpe, solo i calzini da casa di lana. Niente telefono. Niente armi.

Ho solo il buon senso e la consapevolezza che Channing mi troverà. Se non ha sentito tutto al telefono, gli spiegherà la situazione Buddy.

Channing verrà a prendermi. Pare che la sensazione che aveva del capo fosse giusta. Avrei dovuto prestargli ascolto. Smuoverà mari e monti per salvare me e Geo. Devo resistere, arrivare a Geo e tenerci in vita fino al suo arrivo.

Pongo qualche domanda con voce calma. "Cosa vuole da me Van den Berg? Perché ha rapito Geo?"

L'autista non dice nulla. Così come il tizio enorme seduto accanto a me, quello che mi ha costretta a salire in macchina. Mi becca adocchiare la chiusura di sicurezza e chiude la portiera.

"No," tuona. Ha una voce profonda e per certi versi sbagliata. Mi fa venire voglia di sbattere contro alla portiera lontana. "Non farti idee strane."

"Voglio vedere mio figlio."

L'auto giunge all'imponente portone – una mostruosità ad arco costeggiata di statue – il cui modello è la cattedrale di Notre-Dame. Aspetto che quello grande e grosso esca e faccia il giro per aprirmi. Solo che stavolta non mi afferra. I lividi sul braccio pulsano quando lo supero per entrare in casa.

La mia guida non mi accompagna a uno degli adorabili salottini, né all'ufficio di Van den Berg, oltre la massiccia biblioteca.

"Da questa parte." Mi spinge a una porta laterale e la apre. L'aria fredda e puzzolente mi colpisce il viso. Rabbrividisco nel chinare lo sguardo sulla scala di pietra.

"Voglio vedere mio figlio," dico con voce calma. Anche riuscissi a spaventarmi, andare nel panico non avrebbe senso. Sono oltre il panico, oltre la paura. Nulla importa se non arrivare a Geo.

Fa un cenno del capo alla buia scalinata. "Giù." Se mi rifiuto, mi farà del male. Ne è prova il dolore al braccio.

Geo, ti prego, dimmi che stai bene.

Con una boccata d'aria fresca, scendo. Le luci si accendono al mio passaggio. Il puzzo non è di muffa né di scarichi sotterranei. È denso, un olezzo di sangue e interiora, come in un macello. Mi avventuro più giù respirando con la bocca, con la guardia alle calcagna.

Sul fondo la frescura dell'aria mi morde oltre alla felpa sottile. La guardia mi supera per digitare un codice sulla tastiera dall'aria altamente tecnologica posta accanto al pesante portone di pietra.

Il corridoio che si apre oltre sembra uscito da un incubo. I piedi mi si congelano sul viscido pavimento di pietra. Ai due lati mi accolgono spesse porte con delle sbarre in cima. Celle di prigionia.

Mi viene la pelle d'oca, malgrado già avessi freddo. Ma perché il capo ha una segreta nel sotterraneo? Che razza di perverso e contorto... sale il panico, che ricaccio giù. Devo rimanere calma per Geo.

Con uno strattone, la guardia apre una porta e mi spinge all'interno.

Sulle dense ombre lampeggiano luci gemelle. Davanti a me... c'è un paio d'occhi.

"Mamma?" Si alza in piedi e viene ad abbracciarmi.

"*Mijo.*" Me lo stringo forte. Non ci sono lampade da soffitto, ma sembra illeso. Tutto intero.

Alle nostre spalle, la porta della cella si chiude con un colpo. La guardia osserva attraverso le sbarre. "Il signore arriva subito."

"Aspetta," urlo, ma è sparito. "Che succede?" domando a Geo passandogli una mano sulla testa per avere la rassicurazione che sia qui con me.

"Non lo so. Van den Berg ha accostato dicendomi che eri qui e che doveva darmi un passaggio. Il lupo sapeva che c'era qualcosa che non andava, ma da dietro è saltato fuori un tipo grande e grosso che mi ha infilato un ago nel collo. Mi sono risvegliato qui. Ma sto bene."

Un tradimento del genere mi brucia nella gola come acido. Van den Berg si è infiltrato nelle nostre vite. Ma perché?

Quando saremo fuggiti, gli torcerò il collo.

"Usciremo, tranquillo," gli dico sicura. Non parlo di Channing perché ci sono le telecamere, e non voglio che sappiano del suo arrivo. "Riesci a estrarre le sbarre da terra?"

"Ci ho provato. Mi bruciano."

Argento.

Oddio. Van den Berg sa che è un mutante. Che lo sia anche lui? Cosa vorrà da noi?

Un colpo distante e l'aria si sposta. Dei passi misurati echeggiano nel corridoio.

Si accendono le luci, raggianti oltre le sbarre. Con una smorfia, strizzo gli occhi verso il luminoso quadrato della porta, finché non vi piomba su un'ombra.

"Julia... che felice che sono di vederla." La voce è liscia come scotch, come mi stesse salutando all'inizio di una riunione pomeridiana invece che dalle segrete.

Mi spingo dietro Geo, posizionandomi nel campo visivo di Van den Berg. "Che ci facciamo qui? E perché? Cosa vuole?"

"Sono molto felice che me l'abbia chiesto." Arretra, svelando la guardia gigantesca alle sue spalle. È in modalità lezioncina. Gli manca solo quel suo maledetto drink. "Sono ormai generazioni che la mia famiglia può permettersi ogni singolo piacere acquistabile tramite denaro. Mio nonno mi portava in lunghi viaggi destinati alla caccia. Mi raccontava del suo bisnonno, che in questi boschi cacciava bestie di ogni sorta. Cervi, orsi e i puma più grossi mai visti. Oggigiorno gli esseri umani hanno scacciato o ucciso tutti i predatori naturali. Ha presente i lupi enormi che un tempo vagavano per queste colline? Adesso ce ne sono meno di cento in tutto lo stato."

"E noi che c'entriamo?"

"Esiste una sola specie che ancora costituisce minaccia per gli esseri umani. Che ancora valga la pena cacciare. La scoprì un collega, che fondò pure un ordine per esaminarla. Di recente sono stato accolto nelle sue fila. E sa cos'ho scoperto? Che nei dintorni vivono dei mutanti." Guarda maligno Geo.

"Ci ha presi di mira." Logico. Il lavoro comodo e da remoto, gli orari flessibili. L'insolito interesse che ha sempre manifestato per le nostre vite personali.

"Vi osservo da un po'. Con mio dispiacere, non sono riuscito a mettervi occhi in casa. C'era un altro sistema di sicurezza, e disturbarlo avrebbe attirato l'attenzione su di noi."

Il sistema installato da Channing. Mai avrei creduto che gliene sarei stata tanto grata...

"Ma non aveva importanza. Le prove indicavano che ci sarebbero voluti anni perché Geo diventasse grosso abbastanza per la caccia. Perché emergesse l'animale. Perché 'si facesse lupo', come dicono loro."

"Sei un mostro."

"No, mia cara. Sono un conoscitore. E suo figlio un animale. Cui io e i miei *venatores* piacerà dare la caccia. Nelle prossime settimane ci fornirà parecchio divertimento."

"*Venatores*? Così vi chiamate?"

"Suona bene, no? E io sarò il presidente, il lanista, perché ho catturato la preda perfetta. Ma stiamo avendo qualche problemino a convincere Junior a collaborare. Gli serve il giusto incentivo. Hannibal?"

Si volta di lato. Il gigante si sporge in avanti per aprire la porta. E mi punta una pistola al petto.

"Geoffrey," fa Van den Berg, "se non vuoi veder morire tua madre, esegui: tramutati."

* * *

Channing

Il capo di Julia vive in una grande casa inquietante, proprio da cattivo dei film. Ecco da dove arrivano i soldi necessari a Hannibal.

Incontro Buddy a margine del terreno curato che dà su un piccolo parcheggio. Vi sono tre auto corazzate dall'aria familiare. Van de Cul deve averle ordinate all'ingrosso.

Buddy è in forma animale; la grossa coda pelosa si contorce. Ha una lunga striscia bianca giù per la schiena, a segnalare il pericolo a chiunque gli metta i bastoni fra le ruote.

Non è molto più grosso di una normale puzzola. Non nella statura, almeno. Ma sa schizzare fino a quindici metri. E se anche non ti ammazza, ti fa desiderare di morire, eccome.

"Adesso entriamo." Il lupo dice che non possiamo aspettare rinforzi. Almeno saremo coperti dal buio. "Devi far saltare la corrente. Spegni luci, tutto. Se trovi il pannello di controllo del sistema di sicurezza, fallo andare in tilt. Irrigatori, tutto quanto. Il caos sarà la mia copertura."

Buddy la puzzola stride.

Gli porgo un minuscolo auricolare. "Tieni. Così sentirai tutto ciò che faccio. In caso di ordini diversi, ti avverto." La puzzola sale sulle gambe posteriori, e gli infilo il dispositivo nell'orecchio. Dopo dovrò ringraziare Lance. È stato lui a progettare e costruire un sistema di comunicazione a grandezza roditore. "Ah, anche questo." Gli do uno speciale strumento per il furto d'auto che ho raccolto in una black op. Se lo ficca in bocca, dove gli gonfia la guancia. "Mollalo sotto a un SUV, ok?" Ci permetterà di hackerare una delle auto smart. "In caso di pericolo, vattene. Mettiti in salvo, chiaro?"

Invece di stridere, solleva la coda. È una minaccia.

Mi sta dicendo di no, che preferirebbe portare a termine la missione che uscirne vivo.

Sollevo il pugno, sorprendentemente commosso. "Grazie, bello. Quando sarà tutto finito, avrai tutti gli insetti ricoperti di cioccolato che vuoi. Offro io."

Accoglie la mia mano con la zampa, nel pugno a pugno più minuscolo del mondo, e scappa via. Osservo la luminosa striscia bianca sfrecciare sull'erba e sparire al di sotto dell'auto. Si concederà un attimo per usare la mia invenzione per prepararci un veicolo di fuga, prima di trovare il modo d'infilarsi in quell'imitazione di fortezza da cattivi del conte von Stronz. Me la riarrederà un tantino, creando il caos che gli ho chiesto. Quando glielo dirò io, spruzzerà poi un po' di deodorante per ambienti. All'interno ci saranno sicuramente guardie e sistemi di sicurezza, ma Buddy mi aiuterà preparando il campo da gioco.

Lì dentro c'è Hannibal. E Geo. E Julia.

M'infilo l'auricolare nell'orecchio e mi spoglio. Sotto ai jeans e alla giacca di pelle porto i boxer progettati per noi dall'esercito.

Mi tramuto e sgattaiolo sui prati, il lupo chino a terra. Mi accuccio dietro ai SUV e riconosco il sottile profumino di Buddy – nulla di pungente, giusto il necessario, come una versione da puzzola della scia di briciole.

I secondi passano. La luna è una scheggia sopra la mia testa.

Dall'altra parte, il ronzio dei generatori esterni scema. Un minuto dopo, ogni singola finestra illuminata della villa si spegne.

Scatto verso la casa.

* * *

Julia

Fisso la canna della pistola; tutto il mio mondo si è ristretto a questo buco nero e al fragile calore di Geo alle mie spalle.

Gi sfugge un lamento di gola, ma non accade nulla.

"Non sono un uomo paziente," ringhia Van den Berg. L'arma che mi punta alla faccia non vacilla di un millimetro.

La luce lampeggia una volta, due, e poi si spegne, immergendoci nell'oscurità.

La porta davanti a me si chiude.

"Be'? Che sta succedendo?" si lamenta Van den Berg come un bambino.

"Signore," fa quello grande e grosso, Hannibal, "dobbiamo portarla fuori di qui."

"No. Va', sistema la cosa."

Se ne va con passi pesanti.

Mi schiaccio con Geo sul fondo della cella. "*Mijo*, al mio segnale, tramutati."

"Mamma, non ci riesco. Ci sto già provando."

"Ce la fai. Sicuro. Sei mio figlio. Papà sarebbe fiero di te."

Altro lamento, quindi lo stringo più forte. "Io sono fiera di te. Anche Channing lo è. È qui adesso, e gli serve il tuo aiuto." Mi seppellisce il volto nel collo, tutto tremante. Percepisco che sta sprofondando dentro di sé per comunicare col lupo. Ho avuto troppo a lungo paura del suo animale. Mi vergognavo che fosse tanto diverso dai suoi amici umani. Forse ho contribuito alla vergogna coi miei timori umani. Ma adesso basta.

Channing gli ha mostrato le gioie di ciò che è. Con lui ha magnificato la sua natura di lupo. Ha scoperto tutto un mondo nuovo. E poi io gli ho chiuso tutte le porte. Ma sbagliavo. Mio figlio è un lupo. Deve stare con altri lupi. E io ho bisogno di Channing.

Ecco. L'ho ammesso. Mi sono negata l'unica persona che ha saputo cambiare tutto per me. Che ha saputo riempire il cavernoso vuoto lasciato da Geoffrey. Alleggerire le cose con l'allegria. Darmi piacere e compagnia. Amore.

E per cosa? Per la sicurezza?

Guarda dove sono finita. Non mi ero mai ritrovata meno al sicuro, e tutto perché Channing non era con noi.

"So che sei là dentro," sussurro al lupo. "Sei della famiglia, e adesso abbiamo bisogno di te." Geo accetterà il bellissimo mostro che cova dentro, così come farò io.

Van den Berg gratta sulle sbarre con la pistola. "Cosa state dicendo là dentro? Piantatela." Mi punta contro l'arma. "Julia. Alzati. Mi servono ostaggi."

Mi sollevo mormorando, "Preparati, *mijo*."

La porta si apre.

"Vieni." Mi fa segno con la mano di avanzare. Sbuco in corridoio e mi tuffo a destra. Una pallottola mi fischia oltre per seppellirsi nel muro.

Un ringhio echeggia nella cella, e un fantasma ombroso irrompe dalla porta aperta. Van den Berg urla. La pistola cade a terra. La prendo e mi alzo.

Un lupo gigantesco si staglia su un Van den Berg immobile, le fauci vicine al volto.

"Bel lavoro." Punto l'arma, coprendo Geo che intanto viene da me. Forse si sta solo fingendo morto. "Andiamo."

Risaliamo illesi la scala. Chiudo le porte alle nostre spalle, sperando si blocchino.

Il lupo procede a grandi passi accanto a me. Gli tengo una mano sulla schiena, aggrappata alla folta pelliccia. Che bestia forte e robusta... su di lei posso fare affidamento.

Un ululato sale in lontananza. *Channing*. Il lupo di Geo

schizza in avanti, trascinandomi con sé. Tengo la pistola alta, in allerta, e percorro il corridoio confidando nel naso di mio figlio.

Un secondo dopo starnutisce. Lo sento anch'io. Un puzzo da lacrime agli occhi, come avessero sguinzagliato un centinaio di puzzole.

Un altro ululato, questo più vicino. Channing è dentro. Dobbiamo trovarlo. Non posso filare dritta all'uscita – sarà sorvegliata. Dobbiamo uscire senza farci vedere.

Ci portiamo verso l'ululato, finché non arriviamo a una statua che ho visto durante il giro della villa, in vacanza.

"Da questa parte." Spingo Geo a destra, per una biblioteca che odora di pelle e libri antichi. La porta laterale conduce allo studio di Van den Berg. Davanti ci sono i finestroni enormi. Mi precipito verso uno di essi e guardo giù. Possiamo forzarlo e saltar fuori. Siamo al primo piano, ma sotto ci sono dei cespugli che possono attutirci la caduta.

Per il corridoio risuonano voci, e mi butto dietro alla scrivania. Geo si schiaccia accanto a me ansimando.

"Per di qua." Van den Berg sembra scocciato. Pesanti scarponi rimbombano con lui. "Non toccare i mobili," sbotta. "Io vado nello studio. Trovali e portameli."

La porta si apre. "Devo bere un goccio." Il mio ex capo marcia al minibar. Trattengo il fiato.

Degli spari esplodono in un punto lontano della casa. Stivali che si affrettano in quella direzione. Altro fuoco.

Poi un basso ringhio. Channing si sta avvicinando.

A Van den Berg scappa una parolaccia. Raccoglie il telefono in un tintinnio di ghiaccio. "Sì, scemo. È qui," sbotta a qualcuno sulla linea. "Lo sento uccidere i tuoi. Ma devo fare tutto io?!" Sbatte il telefono e va a una cassetta accanto al caminetto. "Avrei dato la caccia a tuo nipote, ma tu sei decisamente più notevole."

Altri spari. Pallottole che tonfano contro alle pareti. Un ruggito echeggia nella stanza, seguito da un urlo penetrante e uno sciabordio orribile. Un ringhio tuona per la porta.

Fuori c'è Channing.

Van den Berg recupera un fucile dalla cassetta privata e lo solleva mirando alla soglia.

Mi alzo in posizione di tiro. "Ehi, stronzo."

La testa si gira di scatto.

"Mi licenzio." E lo faccio saltare per aria.

* * *

Channing

Sento lo sparo e faccio irruzione all'interno. Un morto giace prono sul tappeto con in mano un fucile. Julia si staglia, senza fiato, con tutte e due le mani salde sulla pistola.

Geo emerge da dietro la scrivania.

Mi ritramuto e vado da loro. "Tutto bene? Siete feriti?"

"Stiamo bene." Julia ha gli occhi sgranati. È pallida e trema.

Mi accuccio per esaminare Van den Berg. È morto. Gli frego il fucile.

"Ho dovuto farlo." Le vacilla la voce. "Ti avrebbe sparato."

"Lo so. Hai fatto bene. Vieni qui." La stringo in un abbraccio. "Siete stati bravi."

"Ce ne sono altri." La sua voce è a malapena un sospiro.

"Lo so. Ne ho eliminati il più possibile. Degli altri si occuperà Buddy."

"Buddy?" Arriccia il naso.

"È qui. Ci coprirà durante l'uscita. Adesso ce ne andiamo." Vado alla finestra.

Nel corridoio risuonano voci. Il lupo di Geo carica verso il vetro e vi balza attraverso mentre io faccio da scudo a Julia dalle schegge. La prendo in braccio e salto fuori, nel prato. Sfrecciamo verso il bosco.

"Ok, Buddy. Impuzziscili," ordino all'auricolare.

Siamo quasi al parcheggio quando dietro di noi esplode un ruggito. Nella finestra distrutta dell'ufficio si staglia Hannibal, incorniciato dai vetri rotti.

Adesso viene a prenderci. Con la velocità mutante dovrei riuscire a seminarlo anche con Julia, ma non voglio rischiare. Potrebbe eliminare Geo e poi occuparsi di noi.

Devo restare ad affrontarlo.

"Nuovo piano," abbaio al ragazzino. "Va' al SUV. Buddy, levati di torno."

Poso Julia a terra e ficco una mano sotto all'auto, dove Buddy ha lasciato lo strumento. Con esso apro tranquillamente la portiera, e poi lo sistemo sul sedile del conducente. "Geo, ritramutati. Guidi tu."

"Cosa?" Julia è a bocca spalancata. "Perché non io?"

"Perché," dico guidandola al posto del passeggero e porgendole il fucile, "tu usi il fucile."

"E tu?"

"Io proteggerò la mia famiglia." Mi concedo un attimo per toccarle la guancia, poi faccio spazio a Geo. "Tieni la mamma al sicuro," gli ordino mentre si arrampica sul sedile. "Conto su di te."

Mi volto verso il mostro che ci insegue e a cui stanno crescendo le corna.

* * *

Julia

Channing attraversa a grandi passi il prato verso la villa.

L'andatura è fluida e serena quanto quella di un lupo – sempre superbo da pazzi.

L'enorme guardia, quell'Hannibal, carica dalle ombre. Enormi corna sulla testa. Le cuciture del completo che si sfilacciano, facendolo a brandelli mentre il mostro esplode fuori dal suo corpo. Sembra un demone, e corre verso di noi.

Channing resta saldo al suo posto. "Rivincita!" grida. Parte di corsa verso Hannibal, esplodendo nel lupo. I due collidono, e la terra trema.

Mi aggrappo alla maniglia interna del SUV con una mano e al fucile con l'altra. Channing e Hannibal sono una confusione di pelo e corna.

"Fatto," borbotta Geo armeggiando con l'aggeggio che Channing ha usato per aprire l'auto. Il motore si avvia. Non aspetta un minuto: preme sull'acceleratore. Il SUV si fionda verso il bosco. Ma da quando sa guidare? Gliel'ha insegnato Channing? Glielo chiederò dopo.

"Girati," ordino, recuperando l'equilibrio e afferrando il fucile con tutte e due le mani. È carico. "Voglio campo libero."

"No." La voce gli è precipitata di un'ottava da quando siamo usciti dalla cella. "Devo eseguire gli ordini e metterti in salvo."

Mentre ci allontaniamo, allungo il collo. Davanti alla villa la bestia cornuta scaglia pugni in basso. Manca Channing e tocca il terreno. Che si spacca, e sotto alla macchina sussultano le onde d'urto.

La volta successiva lo becca invece. Il lupo bianco e marrone balza via, ma le gambe posteriori non sono al massimo.

Hannibal segue a passi pesanti il lupo zoppicante.

Un minuscolo corpicino pelosetto sfreccia fuori dal portone e salta per aggrapparglisi alla zampa. Con un lamento, il mostro prende a scalciare. Il corpicino spicca il volo.

"Buddy," urlo. Il piccolo giace ancora a quarantacinque metri di distanza. "Dobbiamo aiutarlo!"

"Dobbiamo andare." Geo ha la voce spezzata. "Così vorrebbe."

Il lupo si è ripreso. Balza ancora, ringhiando, invitando il cornuto a una danza letale. Ma zanne e artigli non sono nulla in confronto al mostro. L'unica arma che ha Channing contro Hannibal è la velocità.

Devo aiutarlo.

"*Mijo*," bisbiglio. "Ti prego. È il mio compagno."

Scuote il capo, però tocca i freni. Il SUV rallenta.

Gli tocco la guancia. "Dovesse accadermi qualcosa, scappa più veloce e lontano che puoi. A velocità da mutante, ok? Seminerai qualsiasi cosa."

I singhiozzi gli scuotono le spalle mentre annuisce.

"Ti voglio bene," gli dico, e smonto dall'auto.

* * *

Channing

Mi giro verso Hannibal tirandomi su con le zampe anteriori. Con la sua posteriore un minuto fa mi ha centrato in pieno, spezzandomi la schiena. La spina dorsale formicola della guarigione rigenerativa.

In questo scontro, le probabilità non sono a mio favore. Questa testa di cazzo non è un mutante normale. È modificato. Non ne avevo mai incontrato uno così. Chi ce la fa a farsi rimbalzare un razzo sul petto e sopravvivere?

È più lento di me, e io sono sfinente. Con denti e artigli non posso penetrare la sua pelle, tanto simile a un'armatura. Devo trovare il modo di sconfiggerlo.

Il SUV sale clacsonando, come bloccato nel traffico newyorchese. Si ferma con uno stridio fra Hannibal e Buddy.

Ma che cavolo...

"Hannibal," urla Julia. Si staglia sul prato, fragile e priva di protezione.

Scarrella il fucile e prende la mira. *Bum!*

Hannibal si lamenta. Se l'è preso in pieno petto.

Julia carica un altro colpo e mira di nuovo. *Bum!* Altro sparo, e Julia è ancora in piedi. Ha attutito il rinculo con la spalla.

Mio fratello sarebbe orgoglioso.

Hannibal oscilla sul posto, tutto un brivido. Ma ancora in piedi. Quante pallottole restano nel fucile da caccia? Tre? Cinque? Ho la sensazione che Van de Cul sia uno che rifila il colpo finale solo a una preda già abbondantemente ferita dai suoi uomini.

Julia sarà priva di difese.

Con un ruggito corro da Hannibal, che però sta già andando da lei. Che lo squadra bene, imbracciando il fucile per quello che potrebbe essere l'ultimo sparo.

Bum! Hannibal barcolla. L'ha pigliato al petto con quello che forse è un proiettile d'argento. Basterà a fermarlo?

Sfreccio da loro. Il mondo rallenta in foschia. Julia riposiziona il fucile e mira alla testa. Con l'esplosione l'arma rincula, ma la pallottola fischia oltre le corna. Mancato.

Con un lamento, Hannibal si fionda da Julia come un toro rabbioso. Il fucile esplode di nuovo. La testa di Hannibal scatta, come punta da un insetto, ma è stato solo graffiato. Avanza.

E lei è senza colpi. Raggelata, regge il fucile come fosse una clava.

Bip bip! Il SUV sbuca dal nulla e si schianta contro Hannibal. La parte anteriore si accartoccia, ma il mostro cade e resta giù abbastanza a lungo perché faccia la retro e torni a caricare Julia. Salta sul sedile del passeggero.

Lo sapevo che le segrete e sfuggenti lezioni di guida sarebbero tornate utili. Chiederò perdono dopo.

Se sopravvivo.

Hannibal scatta in avanti e si dirige a grandi passi verso il SUV.

Sto per mettermi alle sue calcagna come un cane col postino per vedere di fermarlo, quando si spalanca il retro del mezzo. Buddy la puzzola fa capolino col culo dal furgone e solleva la coda.

Arricciando il naso, il lupo rotola a terra appena in tempo. Nel prato esplode il fetore.

Hannibal va giù con un lamento. Le corna rastrellano il terreno mentre seppellisce la testa per sfuggire all'odore.

Il SUV si dirige al bosco. Buddy gli ha fatto guadagnare un po' di tempo, ma Hannibal non ha mica finito. Non appena potrà, riprenderà la corsa.

Sta a me fermarlo.

Mi scaglio verso di lui, sbuffando e soffocando nell'aria fetida. Si leva il vento e io mi ci affido, volando verso Hannibal e abbattendolo a terra. Ruoto e corro indietro squarciandogli le braccia, sfinendolo. È molto, molto più grosso di me, ma io sono un lupo. E questa è la mia famiglia. Nessuno può torcergli un capello e pensare di sopravvivere.

Mi fiondo in avanti, infastidendolo come non ci fosse un domani. Coi pugni mi trova la schiena, ancora in fase di guarigione, ma io rotolo via, sfuggendo alla forza del colpo. Torno indietro di nuovo e lui abbassa le corna, trafiggendomi. Balzo all'indietro, sanguinando dagli squarci sui fianchi.

Hannibal sale in piedi, e allora vedo la mia occasione. Le pallottole d'argento hanno davvero arrecato danni. Un marciume nero gli si sparge sul petto, irradiandosi dalle fosse delle ferite. Con un po' di fortuna, la pelle rovinata basterà a dare presa ai denti.

Ora o mai più. Corro da lui e balzo all'ultimo. I canini trovano la pelle devastata, e scaglio giù le fauci. L'argento mi brucia le gengive e la lingua ma mordo lo stesso, affondando i denti in profondità.

Hannibal mi fa piovere pugni sulla schiena. La spina dorsale si spezza sotto a tanta forza. Il dolore mi esplode dentro.

E resisto comunque.

Mi picchia sulle spalle e mi trascina all'indietro. Io spingo, ma le zampe posteriori non funzionano. Serro più forte la mascella. La carne del petto di Hannibal si lacera. Scaglio indietro la testa per sputare, e mi fiondo giù di nuovo.

Devo proteggere la mia famiglia.

Hannibal si divincola e, distrutto, cado. Ma i morsi hanno funzionato. Gli fuoriescono le viscere e si china in avanti per tenersele dentro. Con un ruggito finale, scappa via.

Cerco di sollevare il capo, ma si muove appena. Tutto il mio corpo non è che una massa di fuoco. Il sangue inzuppa la terra attorno a me.

"Channing." Lillà e lavanda mi abbracciano. Che sia un sogno?

No. C'è Julia, che scende in ginocchio davanti a me. "Ay, *Dios.*"

Si leva l'oscurità, e mi reclama. Però giro la testa, in modo che sia lei l'ultima cosa che vedo.

Capitolo Tredici

*J**ulia*

M'inginocchio sull'erba accanto a Channing allungando le mani sulla pelliccia sporca di sangue. Non so dove toccarlo. Hannibal gli ha aperto ferite su e giù per i fianchi. E ha rotto più ossa possibile prima di fuggire.

La terra sotto alle ginocchia è bagnata e nera.

"Non morirmi," ringhio trattenendo un singhiozzo. "Sei appena tornato."

"Mamma," urla Geo. Sta cercando di pilotare il SUV sfasciato verso di noi, ma è troppo tardi. I portoni della villa si aprono con gran chiasso e ne esce un fiume di guardie. Posso solo osservarle fare il giro dei mezzi e avvicinarsi ad armi spianate.

Soffia un vento brutale. Un elicottero scende indugiano su di noi, le pale abbastanza rumorose da assordarci. Se è di Van den Berg, siamo spacciati.

Mi chino sul corpo di Channing. "Ti amo," sussurro al di sopra del vento che si leva.

Un *rat tat tat* strappa l'aria. Una figura con la tenuta da combattimento dell'esercito si staglia nel fianco aperto dell'elicottero con in mano una pistola.

Le pallottole piovono sulle forze appena arrivate, falciandole. In quattro passaggi, avanti e indietro.

Quando l'elicottero è sceso abbastanza a terra, due ne saltano fuori e vengono a grandi passi da noi. Sono armati di mitragliatori, e attraversano il prato fino a coprirci.

"Libero," abbaia uno.

Il mezzo atterra nelle vicinanze, e il forte vento muore.

"Signorina Sanchez?" Il soldato più vicino mi porge la mano. "Piacere, Rafe Lightfoot." Nome che riconosco. L'alfa di Channing.

"Piacere mio," dico, ma senza stringergli la mano. Non oso muovermi, nel caso in cui Channing stesse morendo. Il petto peloso sale e scende appena.

Un biondo mi fa l'occhiolino. "E io sono Lance Lightfoot. Lui Deke." Fa un cenno del capo al terzo del branco, un tipo enorme tutto in nero che sta ancora puntando l'arma. "E il pilota è Teddy. Bravo, Channing!"

"È ferito." Sto soffocando.

"Coprici," ordina Rafe al fratello, che si posiziona subito, pronto a colpire. Si curva per esaminare un momento Channing. "Niente pallottole d'argento. Cranio non fratturato. Sta bene. Guarirà presto." Scuote la testa. "Channing, piantala di spaventare la tua signora."

Mi giro e mi ritrovo davanti una bella linguaccia di lupo. "Ah!" urlo quando mi lecca la faccia.

Accolgo la sua trasformazione con una risata. Il braccio sinistro penzola in modo strano, però mi tira fin sul suo grembo col destro.

"Sei ferito." Mi divincolo; non voglio appesantirlo.

"Sto bene." Lascia ciondolare la testa per tirarmi a sé in

un violento bacio. Sotto al sedere, sento l'uccello dimenarsi. È appena stato massacrato e ancora torna alle basi.

Incredibile.

"Già meglio," strilla Lance. "Così si fa, bello!"

Channing interrompe il bacio e io mi poso contro di lui, troppo stanca per curarmi delle battute. "Hannibal," dice voltando lentamente la testa, come avesse il collo irrigidito. "L'ho preso?"

"È scappato," faccio io.

Gli scappa una parolaccia.

"Non fa niente." Gli accarezzo la guancia. "L'hai sconfitto."

"Non è morto. Quello stronzo è proprio difficile da ammazzare."

"Qualsiasi cosa può morire. Bisogna solo trovarne il punto debole." Rafe parla come sul punto di dare personalmente la caccia al tallone d'Achille di Hannibal, per poi abbatterlo. "Ce ne occuperemo un altro giorno."

"Vuoi che ripulisca la villa?" domanda Lance. "Posso farlo con Deke."

"Ehm..." fa Channing.

"Cazzo," borbotta Deke venendo da noi. "Ma cos'è questa puzza?"

"Buddy." Mi sa che si sente meglio, perché fa un rilassato cenno del capo a Geo e al SUV. "È stato i miei rinforzi."

"Buddy?" esclama Lance. "L'addetto alla sorveglianza? A quel pacifista non piace battersi!"

Channing fa spallucce. "Beve e puzza. È fatto così."

"Con la villa siamo a posto," dice Rafe. "Ho richiesto altro supporto aereo. M'immagino un bell'incendio andato fuori controllo che la rade al suolo. Un tubo del gas esplode e il calore è tale da non lasciare cadaveri."

"Che tragedia." Channing fa un sorrisone, sfoggiando le fossette che tanto adoro.

"Aspettate," dico. "Van den Berg ha accennato a un ordine. Ce ne sono altri. Si chiamano venatores."

"Venatores?" Rafe si gratta il mento.

"Dobbiamo recuperare i documenti. Potrebbero esserci delle informazioni sui computer o giù, nella segreta."

"Segreta?" ripete Lance.

"Vi spieghiamo dopo," fa Channing. "Voglio portare i miei," – e mi rivolge un caloroso sguardo – "a casa sani e salvi."

"Ok," fa Rafe. "Ci aggiorniamo dopo."

Channing si alza e mi tira in piedi, facendomi preoccupare un sacco.

"Attento," dico, ma lui si china per buttarmi sulla sua spalla.

Strillo e gli prendo a pugni il sedere sodo finché non mi rimette giù. Geo si butta addosso allo zio, e Channing ci stringe tutti in un abbraccio di gruppo.

Buddy ci saluta con la mano dal sedile posteriore del SUV.

"È stato pazzesco," grida Geo. "Hai fatto *rrrrr*, lui faceva tipo *roar*... e poi l'ho investito..."

"Ottimo lavoro, ragazzo." Gli dà una pacca sulla schiena. "Sei stato bravissimo. Adesso cambiamoci questi vestiti, dai."

Geo fa capolino su con la testa. "Ehi, mamma, posso guidare io fino a casa?"

"No!" Guardo Channing scuotendo il capo.

"Mi è venuta un'idea." Riecco le fossette. "Siete mai stati in elicottero?"

"Oddio... ma non possiamo chiamare un Uber?" Mi scappa da ridere.

* * *

Channing

Alla fine prendo in prestito un SUV corazzato e porto a casa Julia e Geo, dopo che Teddy ha recuperato un borsone dall'elicottero per darci dei vestiti. Buddy ha declinato il passaggio dicendo di voler contribuire al saccheggio della villa.

Per strada ricevo una telefonata di Rafe su un telefono usa e getta datomi da lui. Kylie si è già prenotata per il sistema informatico di Van de Cul. Visto ciò che hanno trovato in casa, pare ci siano prove di un'ampia rete di venatores, ma dobbiamo scoprire altro.

"A questa battaglia pensiamo un altro giorno," fa Rafe. "Sei stato bravo, soldato. Sta' di guardia al forte a casa. Resta coi tuoi. È un ordine."

"Signorsì."

Vedo Geo in attento ascolto, la schiena che si raddrizza un pochino al *signorsì*, e mi rendo conto che forse qualcosa da offrire come figura paterna ce l'ho anche. Una cosa che gli avrebbe dato Geoffrey.

"Sono entrato nell'esercito per via di tuo padre." Lancio un'occhiata allo specchietto retrovisore per guardarlo negli occhi. "Per essere il maschio che era lui. Una persona onorevole e coraggiosa."

"Lo sei, quel maschio... quell'uomo," dice Julia. Mi stringe la mano. Mi porto le sue dita alle labbra per baciargliele. "Scusami se ti ho mandato via," mormora, apparentemente fregandosene della presenza di Geo. "Sono ancora terrorizzata per te e Geo, ma non puoi starmi lontano. Volevo proteggermi il cuore, ma non avrei sofferto meno neanche se ti fosse accaduto qualcosa."

Accosto di fronte alla casa, e Geo schizza verso la porta, probabilmente per darci un po' di privacy.

"Julia." Spengo il motore e mi giro verso di lei. "So di non poter prendere il posto di Geoffrey."

"Non voglio Geoffrey," le scappa, e le sopracciglia mi scattano in su. "Insomma, è morto. Voglio te, Channing. Il te incauto e adorabile. Non mi serve che tu sia come Geoffrey o altri."

Cerco invano di deglutire il nodo che ho in gola. "Davvero?" rantolo.

"Decisamente. Voglio te." Regge il mio sguardo, e mi sprofonda lo stomaco, che però poi comincia a scaldarsi e a diffondere calore per tutto il busto.

Chissà perché, ma non ci credo ancora. "Vuoi me?" Mi indico il petto.

Julia batte le ciglia per scacciare l'umidità dagli occhi. "Ti va di restare, Channing? Per favore..."

Spalanco la portiera e faccio il giro del SUV senza neanche richiuderla. Dalla fretta di aprire la sua, praticamente la scardino. "Vieni qui." La faccio uscire in braccio, e lei mi avvolge le gambe attorno alla vita sbaciucchiandomi la fronte mentre la porto dentro.

Sento Geo nella doccia del piano di sopra, quindi la porto nel bagno di sotto, dove la poso solo per il tempo necessario a strapparle i vestiti di dosso.

"Non mi hai ancora risposto," fa lei mentre mi levo i boxer da mutante e accendo l'acqua della doccia.

Rido. "Ma hai dubbi? Credi esista al mondo qualcosa che non farei per te?"

Non risponde al mio sorriso. Lascia vagare lo sguardo sulle mie ferite, in via di guarigione. Sul sangue rappreso che mi macchia la pelle. Ha gli occhi nocciola colmi di calore.

Apro la porta della doccia con un cenno della testa, ma non si muove.

"Marchiami."

M'immobilizzo, l'uccello che schizza in fuori come un'asta. Per un attimo non riesco a parlare. Mai avrei pensato di sentirle pronunciare questa parola. Nemmeno mi concedevo il lusso di sperarlo. Ho sempre creduto non ne valesse la pena. "Sicura?" Riesco a malapena a far uscire le parole. La voce oscilla come a una femminuccia.

"Sicura. Voglio essere tua, Channing. Reclamata da te. Marchiata. Sposata. Voglio che resti. O… be', dato che adesso sono senza lavoro, potremmo anche traslocare altrove. Magari a Taos. Così Geo potrà unirsi alla comunità di mutanti."

Che il fato mi aiuti, ma muoio dalla voglia di buttarmi in ginocchio e piangere come un bambino. Invece vado a prendere in braccio la mia donna per portarla nella doccia, dove la sbatto contro al muro per un bacio feroce.

"Ti voglio, Channing," sussurra quando mi scosto.

"Cazzo." Non è certo il mio momento più eloquente, ma non riesco a fare gran discorsi. Non riesco a crederci. La bacio giù per il collo. Faccio saettare la lingua sui suoi seni. Mi accuccio per sollevarle un ginocchio e assaggiarla.

Tenendole le pelvi bloccate contro alle mattonelle, abuso di lei con la lingua, la penetro, la lecco e la bagno.

Lei mi agguanta la testa con un gemito. Urla. Mi spinge la bocca più vicino. Le lavoro il clitoride con la punta della lingua, prendendomelo fra le labbra per succhiarlo. Lei si piega in due. Le infilo due dita dentro e le accarezzo la parete interna succhiandola, e viene, riversandomi i suoi succhi sulla lingua.

"Marchiami."

Cazzo.

Mi alzo e giro per insaponarmi rapidamente sotto l'acqua, perché voglio essere sicuro di essere pulito per lei. Degno della mia bellissima compagna.

Ho un bel programmino che mi vede spegnere il getto per portarla a letto, lei però mi agguanta il pisello e io dimentico anche come mi chiamo.

Mi accalco su di lei, le sollevo un ginocchio fino alla mia vita e la penetro. Mi smarrisco subito.

Mi ritrovo subito.

Così come subito ritrovo lei.

Tutta la mia vita gira e crolla fino a non diventare altro che questo momento. La vetta. L'esordio estatico.

Non so bene cosa segue. La monto. Ci muoviamo insieme. Urliamo insieme. Sta dicendo qualcosa, ma non capisco le parole. Cantilena qualcosa.

Oh. Oh, fato...

"HobisognoditeHobisognoditeHobisognoditeHobisogno-dite."

Le mie parole preferite.

"Mi hai," gracchio.

E poi accade tutto in una volta. Il mio climax. Il suo. I denti che scattano in giù e le graffiano il punto in cui la spalla incontra il collo. Grida. Continuiamo a muoverci. A danzare. Continuo a sbattermela finché non è finita. Finché non finiamo entrambi di venire. Finché non le ho leccato le ferite chiuse e baciato la carne tutt'intorno.

"Scusa," sospiro. "Scusami tanto. So che fa male."

"Non fa niente," bisbiglia. "Sto bene. È bello. Cioè, giusto." Annuisce, la testa che ciondola. "È giusto così."

* * *

Julia

Channing è sulla pedana a grigliare hamburger. A petto nudo, al solito. Abbiamo invitato anche il suo branco, quindi fuori sono raccolti Buddy, Rafe, Lance, Deke e Teddy, e chiacchierano chiassosamente in amicizia. Si prendono per il culo. Ridono.

Io sono in cucina a preparare l'insalata quando Geo rientra. "Serve aiuto, mamma?"

Ho sentito Channing incalzarlo a venire a chiedermelo, però mi si scioglie il cuore lo stesso. Perché Geo si è proprio trasformato. Il timido ragazzino delle medie sempre sulla difensiva è svanito.

Adesso sembra più a suo agio nella sua pelle.

Pelliccia, dai.

Sospetto fortemente che la serenità di Geo dipenda dal fatto che abbia trovato il lupo e che ora sia parte di un branco. Malgrado il terrore di ieri notte, non l'avevo mai visto così raggiante. Ha adorato l'azione e il dramma. L'hanno acceso, anzi.

"Ti spiace portare fuori piatti e tovaglioli? E resta qui; voglio dirti una cosa." Giro la testa per guardarlo negli occhi. "Io e Channing..."

"Lo so," m'interrompe. "Ti ha reclamata."

Annuisco. "Lo sapevi già?"

"Sì. E mi sta bene, mamma."

"Cosa?"

"Che stai con lo zio. Credo che sia ottimo. È un figo."

Mi cedono le gambe dal sollievo. "Tesoro, nessuno sostituirà mai papà ma..."

"Non fa niente. Mi piacete insieme. "

"Grazie, *mijo*." Sistemo una cipolla rossa sul tagliere e la affetto per gli hamburger. "Allora passiamo al secondo argomento."

Viene ad appoggiarsi al banco. "Quale, mamma?"

"Non dobbiamo decidere seduta stante. Ma vorrei ci pensassi su. Vuoi rimanere a Flagstaff o è meglio traslocare a Taos per stare col branco di Channing?"

Mi aspettavo che si mostrasse riluttante a lasciare gli amici. Convincerlo a cambiare scuola era stata una faticaccia. Ma pare abbia le idee chiare. "Taos. Decisamente."

Inspiro sorpresa. Mi si gonfia il petto. Con Geo. "Davvero?" Poso il coltello per stringerlo forte.

Invece di scostarmi come fa da uno o due anni, si fa scappare una risatina e mi dà una pacca imbarazzata sulla schiena. "Va anche a te?"

"Be', penso che un cambiamento ci farebbe bene. Un nuovo inizio dopo tutto quanto." Alludo a più di Van den Berg. Alludo a Geoffrey. Alla solitudine e all'isolamento che ho vissuto, oltre all'amore.

Mollo mio figlio quando entra Channing con un vassoio stracolmo di carne e cinque che lo seguono, rimpicciolendo incredibilmente la casa.

Sventolo la mano verso piatti, panini e i condimenti al centro dell'isola. "Io e Geo abbiamo parlato, e vorremmo trasferirci a Taos con te," dico di corsa.

"Ah sì?" Si apre in volto in un sorrisone.

"Che bello," fa Rafe. "Ci speravamo proprio. Non che avessi in programma di cacciare dalla squadra Channing. Ma se non fosse rimasto alla base ci sarebbero mancate le sue caz...volate." Si corregge all'ultimo. Fa passare lo sguardo a Geo. "E poi sarà bello avere dalla nostra un giovanotto."

"Neanche per idea," dico subito. "Cioè, niente di pericoloso. Non con mio figlio." Poso l'insalata al centro dell'isola col resto dei condimenti.

Rafe assembla tre hamburger. "Certo che no. È sotto la

mia sorveglianza. Lo proteggerà il branco, così come proteggerà te, dalla vita che conduciamo."

Inspiro forte. Odio ancora l'idea che si accollino tanto pericolo. Non riesco neanche a pensare all'eventualità di perdere Channing, come Geoffrey. Ma dopo aver visto le terribili ferite di Channing e la veloce guarigione, mi sento decisamente meglio.

E poi non posso mica negare ciò che è – un guerriero a caccia di brividi che probabilmente mi terrà sempre sulle spine. Ma è un'ansia con cui posso convivere. Sempre meglio dell'alternativa. Non vorrei mai rivivere le orribili ore seguite alla partenza di Channing. Quando ho compiuto l'errore peggiore della mia vita.

Come leggendomi nel pensiero, mi cinge la vita con un braccio e mi tira contro ai suoi addominali d'acciaio. "In branco sarà molto più al sicuro," mormora, e annuisco.

Me l'aveva già detto la pancia.

"Terrò sotto sorveglianza questo posto, se deciderai di tenerlo," butta lì Buddy.

"Lo teniamo," dice secco Channing, poi guarda me con le sopracciglia sollevate. "Insomma, credo che dovremmo. Ci sono bei terreni per correre. E la casa mi ricorda Geoffrey."

Mi si annebbiano gli occhi. "Avremo bisogno di denaro per comprare casa a..."

Scuote il capo. "Ne ho quanti ne vuoi."

"Ok. Ottimo." Eliminata la fretta di trovare lavoro. Magari adesso posso tornare al settore no-profit. Mi giro verso Buddy. "Ti va di restare qui? Mi serve un inquilino."

Buddy s'illumina subito. "Sì, cavolaccio! Ehm, cioè, certo! Resto io."

"Meglio che dormire nei cunicoli, eh?" fa Channing sorridendo.

Arriccio il naso, accigliata, nel tentativo di comprendere se parla sul serio o in senso figurato. "Ma... dormi qui in forma, ehm, animale?"

"Solo perché Channing mi pagava per tenere d'occhio la situazione." Si stringe nelle spalle. "E poi costa meno di una casa." Inclina il capo di lato. "Mi basta la macchina."

Affiorano alla superficie una moltitudine di domande, tipo dove e quando si lava, ma me le tengo per un altro momento.

"Benvenuti nel branco," fa Lance appena prima di dare un morso gigantesco all'hamburger.

Deke grugnisce il suo assenso con passione.

Geo restituisce il sorriso a tutti, più a suo agio di quanto l'avessi mai visto in una stanza pieni di adulti.

"Grazie. Grazie di essere venuti a salvare mio figlio," dico, d'un tratto in lacrime.

Channing mi tira contro al suo fianco e mi bacia sulla cima della testa.

"Verremo sempre," dice Rafe. Il resto del gruppo, d'accordo, mormora fra un boccone e l'altro.

Non sarò una mutante, ma persino io mi sento a mio agio con questo gruppo di pseudo-sconosciuti. Sicura, nella consapevolezza che senza conoscermi, senza saper altro se non che sono la compagna di Channing, che mi danno il benvenuto e fanno di tutto per me. Che per me rischiano la vita.

Ecco cosa significa avere una famiglia. Cosa mi è mancato così disperatamente. La ragione per cui l'assenza di Channing mi infastidiva.

Adesso ho tutto ciò che avrei mai potuto chiedere: Channing. L'autorealizzazione di mio figlio. Una nuova famiglia. E, si spera, il ritorno al lavoro che adoravo: nella legislazione no-profit. Un nuovo inizio.

Channing mi porge un piatto che mi ha riempito lui stesso. Come sempre, presta attenzione. Si prende cura di me. Questo meraviglioso e pazzo stupidotto ha scelto me come compagna.

Non mi ero mai sentita così amata.

E fortunata.

Epilogo

Julia

Risalgo il sentiero col vento che mi scompiglia la gonna. Sbuffo e ansimo, grata degli scarponi.

"Non eri costretta a mettere un vestito." Channing mi regge dal braccio.

"Ma lo volevo." Il fluttuante tessuto bianco è perfetto per la giornata calda. I fiori ricamati a mano e le spalle nude mi fanno sentire carina. "E poi, mica dovevamo tenere la cerimonia sulla vetta della montagna."

"È solo una grossa collina. Vuoi che ti porti in braccio?"

"Non osare," l'avverto, ma con una risata che prende da incoraggiamento.

Mi solleva tutta, abito fiorito e scarponi, copricapo floreale eccetera, e sale vigoroso la collina. Arrivo al mio matrimonio in braccio allo sposo.

C'è tutto il branco di Channing con le compagne. Lance tiene in braccio la piccolina. Sadie si appoggia al suo grosso compagno, Deke, che la avvolge tutta con le lunghe braccia per tenerle la pancia. Scommetto che fra un anno esatto avremo altri bambini nel branco.

Geo viene a salutarci, meraviglioso nello smoking.

"Bel completo da pinguino." Channing gli dà una pacca sulla schiena.

"Piantala," faccio io. "*Mijo*, sembri davvero un adulto."

"Hai gli anelli?"

Geo annuisce solennemente, da vero adulto.

Mi affiorano le lacrime agli occhi. "Non piangerò," dico a Adele, che ride piano. Mi tiene il bouquet. Negli ultimi due mesi io e lei siamo diventate subito amiche. È stata lei ad aiutarmi a prendere posto come legale nel Pueblo di Taos. Non ho idea di come sia salita fin quassù con quei meravigliosi stivali dai tacchi alti.

"Pronti a cominciare?" domanda Rafe, prendendo il comando. Fa un cenno del capo a Buddy, che ha preso il certificato per officiare la cerimonia. Si è dato una bella ripulita. Lo smoking ne esalta meravigliosamente l'acconciatura bianca e nera.

"Aspettate." Mi volto verso Channing per sussurrargli qualcosa, anche se i mutanti mi sentono lo stesso. "Voglio vederli."

Perciò mi conduce al pino solitario che si staglia fra le rocce. "Eccoli." Si accuccia per indicare i vecchi graffi su un frammento nudo della corteccia. Accanto ce ne sono di recenti. "Questi li ha fatti Geo stamattina," dice. "I vecchi però sono di Geoffrey."

Mi curvo per posare la mano sui segni, vecchi e nuovi, con una preghiera di ringraziamento. *Grazie dell'amore, Geoffrey. Procederemo sulle fondamenta che ci hai dato tu in una famiglia di cui saresti fiero.*

Il vento si leva, sollevandomi i capelli. Mi raddrizzo con un senso di pace, e prendo per mano Channing.

"Per questo hai voluto sposarti quassù?"

Fa spallucce. "L'ho scoperto solo stamattina," mi dice. "Avevo scelto il posto per il panorama."

Solo quando con Buddy ci posizioniamo davanti ad amici e parenti vedo lo speciale panorama cui accennava. Siamo saliti a sufficienza da scorgere le montagne in lontananza, ma non sono loro ad attirare lo sguardo. Ai piedi della collina, annidata fra i pini, c'è casa mia. La casa acquistata da Geoffrey. La casa dove siamo diventati una famiglia – io, Geoffrey, Geo e Channing. Dove ho vissuto col mio compagno, per poi perderlo e trovarne un altro. Dove ho cresciuto mio figlio. Luogo d'amore e risate, di pace e appagamento.

L'abbiamo tenuta perché è legata a Geoffrey. Al passato. Ma siamo andati avanti.

È Channing il mio futuro.

La mia nuova casa.

La mia famiglia.

OTTIENI IL TUO LIBRO GRATIS!

Iscrivetevi alla newsletter di Midnight Romance per ricevere La Vergine e il Vampiro e notifiche riguardo a nuove pubblicazioni!

https://dl.bookfunnel.com/wg56byh1hb

OTTIENI IL TUO LIBRO GRATIS!

Iscrivetevi alla newsletter di Renee per ricevere Preludio e Indomita, scene bonus gratuite e notifiche riguardo a nuove pubblicazioni!

https://subscribepage.com/reneeroseit

Ricevi un libro gratuito, **Allevata dai Berserker** (solo per i fan più sfegatati iscritti alla newsletter di Lee). **Clicca qui per cominciare**

Altri libri di Renee Rose

Wolf Ridge High

Alfa Bullo

Alfa Cavaliere

Fratellastro Alfa

Wolf Ranch

Brutale

Selvaggio

Animalesco

Disumano

Feroce

Spietato

Due Segni

Indomita (gratuito)

Tentazione

Deseada

Sedotta

Uomo d'onore

Non provocarmi

Non tentarmi

Non costringermi

I peccati di Chicago

La tana dei peccati

Radicato nel peccato

His Queen of Clubs

Dead Man's Hand

Wild Card

Gli alfa di montagna

Eroe

Ribelle

Guerriero

Padroni di Zandia

La sua Schiava Umana

La Sua Prigioniera Umana

L'addestramento della sua umana

La sua ribelle umana

La sua incubatrice umana

Il suo Compagno e Padrone

Cucciolo Zandiano

La sua Proprietà Umana

La loro compagna zandiana (gratuito)

Altri romanzi di Lee Savino

Altri romanzi di Lee Savino

Romanza Fantascienza

Il pianeta dei re con Tabitha Black
Compagno brutale
Rivendicazione brutale

Padroni tsenturion con Golden Angel
La prigioniera aliena
Il tributo alieno
Rapimento alieno

Draghi in esilio con Lili Zander
Compagna Draekon
Fuoco Draekon
Cuore Draekon
Rapimento Draekon
Destino Draekon

Romanzi Contemporanei

Il principe scapestrato
La finta fidanzata del futuro re

La bella e i boscaioli
Il mio daddy è un marine
Contesa tra due "paparini"

Dark mafia con Stasia Black
Innocenza
Risveglio
La regina della malavita

Ranch del sadomaso con Tristan Rivers
La bambina del cowboy
Una ragazza da domare

L'autore Renee Rose

L'autrice oggi bestseller negli Stati Uniti Renee Rose ama gli eroi alfa dominanti dal linguaggio sboccato! Ha venduto oltre un milione di copie dei suoi romanzi bollenti, con variabili livelli di erotismo. I suoi libri sono comparsi su *USA Today's Happily Ever After* e *Popsugar*. Nominata *Migliore autrice erotica da Eroticon USA* nel 2013, ha vinto come autrice antologica e di fantascienza preferita dello *Spunky and Sassy*, come miglior romanzo storico sul *The Romance Reviews* e migliore coppia e autrice di fantascienza, paranormale, storica, erotica ed ageplay dello *Spanking Romance Reviews*. È entrata dieci volte nella lista di *USA Today* con varie antologie.

Iscrivetevi alla newsletter di Renee per ricevere scene bonus gratuite e notifiche riguardo a nuove pubblicazioni!
https://www.subscribepage.com/reneeroseit

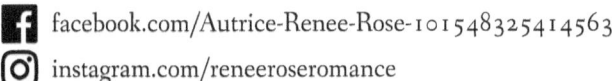

facebook.com/Autrice-Renee-Rose-101548325414563
instagram.com/reneeroseromance

L'autore Lee Savino

Lee Savino è una fra le migliori scrittrici di libri erotici 'smexy' al giorno d'oggi negli Stati Uniti. 'Smexy' nel senso di 'smart e sexy': storie sensuali ed argute. La puoi trovare nel gruppo Goddess in Facebook ed è possibile scaricare un suo libro gratuito su https://leesavino.com/italiano!

Ricevi un libro gratuito, **Allevata dai Berserker** (solo per i fan più sfegatati iscritti alla newsletter di Lee). **Clicca qui per cominciare**

www.ingramcontent.com/pod-product-compliance
Lightning Source LLC
Chambersburg PA
CBHW050201120726
47903CB00002B/717

9 7 8 1 6 3 6 9 3 0 9 7 8